AHORA ERES MÍA

AMOR POSESIVO 2

AHORA ERES MÍA

MORGAN BRIDGES

Traducción de Gema Pereira Silvestre

SOMBRAS

Argentina • Chile • Colombia • España
Estados Unidos • México • Perú • Uruguay

Título original: *Now You're Mine*
Editor original: Forever, un sello de Hachette
Traducción: Gema Pereira Silvestre

1.ª edición: septiembre 2025

ISBN: 978-84-15955-22-1
E-ISBN: 979-13-87557-97-3
Depósito legal: M-15.458-2025

Fotocomposición: Urano World Spain, S.A.U.
Impreso por: Romanyà Valls, S.A. – Verdaguer, 1 – 08786 Capellades (Barcelona)

Impreso en España – *Printed in Spain*

ADVERTENCIAS DE CONTENIDO

Ahora eres mía es una novela de romance oscuro para lectores adultos a partir de 18 años. En el libro, en mayor o menor medida, vas a encontrar representados ciertos temas que pueden ser sensibles para algunas personas. Si no quisieras leer sobre ellos o crees que pueden afectar a tu salud mental, quizá este libro no sea para ti.

- Violencia
- Asesinato
- Duelo
- Acoso
- Muerte de un padre/madre
- Menciones de consumo involuntario de drogas
- Menciones de agresión (física y sexual)
- Secuestro
- Manipulación de anticonceptivos

Para las lectoras que disfrutan de lo explícito.
De nada

Nota de la Autora:

Podrás encontrar una lista de advertencias de contenido en mi página web: https://www.authormbridges.com/

Bienvenida al lado oscuro.

I

CALISTA

«No puedo hacer esto».

El dolor por la traición de Hayden me atraviesa el cuerpo, me hace temblar y provoca que las perlas en mi mano choquen suavemente entre sí. El tintineo resuena como un tambor. ¿O es mi corazón? Juraría que dejó de latir en el mismo instante en el que entró en el ático.

Respiro hondo y levanto la barbilla. Si no le pido explicaciones ahora, no lo haré nunca.

—¿De dónde las has sacado, Hayden? —repito la pregunta que le he hecho hace un momento; mi voz sigue sonando temblorosa, pero con la misma determinación—. Necesito saberlo.

Me sostiene la mirada y la indiferencia que veo en sus ojos me parte el alma.

—Tú ya lo sabes.

Sacudo la cabeza, no sé si porque me niego a aceptarlo o como respuesta.

—No, lo que tengo es una sospecha que necesito confirmar.

—¿Qué quieres que te diga, Calista?

Me estremezco cuando dice mi nombre completo. Rápidamente, controlo mi expresión y me coloco la mano en la cadera con las perlas en el puño.

—Lo único que quiero es que me digas la verdad.

—No sabes lo que quieres. —Desvía la mirada en una extraña demostración de inseguridad—. Y eso da igual hasta que averigüe quién está detrás de tu agresión.

Con un parpadeo, el dolor se convierte en rabia.

—*¿Cómo dices?*

Hayden vuelve su atención hacia mí, esta vez con todo el peso de su mirada. Me envuelve, presionándome por todos lados hasta que termino encogiendo los hombros. Las palabras que le pasan por la cabeza resuenan en el silencio y casi desearía no haberle confrontado.

—Da igual —dice, y se aprieta el puente de la nariz—. Mantenerte a salvo es lo único importante.

—¿Cómo puedo estar a salvo contigo si *tú eres* el que ha estado acosándome?

—Lo hice para protegerte. Estás en tu derecho de creértelo o no.

Suelto un bufido.

—Explícame cómo darme un susto de cojones sirvió para protegerme.

—Cuida tu lenguaje, Cal.

—Que le den a cuidar el lenguaje y que le den a tus respuestas con rodeos —respondo con la voz a un decibelio de ser un grito—. Dime cómo puede justificarse entrar a mi apartamento, robar mis putas cosas y luego tener la puta cara de decirme que fue por mi propio bien.

La mirada de Hayden centellea un instante antes de agarrarme por los hombros y tirar de mí.

—¿Acaso no te das cuenta de lo indefensa que estabas andando sola por la ciudad? ¿Tienes idea de lo que podría haberte pasado si yo no hubiera estado ahí para vigilarte? ¿O es una verdad que no quieres admitir?

Le doy un empujón en el pecho. Es tan efectivo como empujar una montaña, y dejo caer los brazos en señal de derrota, todavía apretando las perlas.

—No tenía otra opción. Aunque estoy segura de que es más fácil juzgar al resto desde la comodidad de tu ático. Puedes decirme lo que quieras, pero no me creo que mi seguridad sea el único problema aquí.

Él agacha la cabeza hasta que nuestras caras están apenas a unos centímetros de distancia y nuestros alientos se mezclan.

—Quería follarte —su voz suena gutural y profunda—. Te deseaba más de lo que nunca había deseado a una mujer en mi vida. Entré a tu apartamento y me hice con tu collar para evitar hacerme también con tu cuerpo. Así que, sí, quería mantenerte a salvo del mundo, pero también de mí mismo y de las cosas que quería hacerte.

—¿Y ahora que ya me has follado? ¿Se te ha pasado la obsesión?

Deja escapar una risa irónica y siento un cosquilleo en la piel.

—¿Que si se me ha pasado? Oh, no, mi dulce pajarito, mi obsesión por ti solo ha ido a peor.

Sus palabras me aceleran el corazón como si me hubieran dado un chute de adrenalina. La idea de Hayden vigilándome como un guardaespaldas trastornado da paso a una punzada incesante en las sienes que me hace apretar los dientes y tomar aire. Con todo el cuerpo rígido, salvo por el subir y bajar del pecho, permanezco allí de pie, incapaz de hacer nada salvo sentirme abrumada.

Por el deseo de Hayden hacia mí.

Por mi miedo hacia él.

No porque me haga daño físicamente. Lo que me aterra es la profundidad y la intensidad de su entrega. ¿Soy capaz de aceptar esta faceta suya? ¿Acaso quiero hacerlo?

—¿Ibas a contármelo en algún momento? —susurro.

—No.

La sinceridad de su respuesta es como un bofetón en la cara, e intento zafarme de su agarre.

—¿Cómo puedo confiar en ti cuando sé que vas a mentirme?

—Pienso mentir, engañar, robar y matar si con eso consigo que te quedes. Eres lo único que me importa.

—¿Aunque te odie por ello?

Se estremece con la pregunta, como si acabase de recibir un balazo en el pecho.

—Puede que ahora me odies, pero no será para siempre.

—No puedes controlar eso, Hayden.

—Cierto —dice apretando los dientes—, pero puedo controlar todo lo demás.

Bajo la mirada, no quiero que vea el dolor que, sin duda, se refleja en mis ojos. Este hombre reconoció que quería hacerme suya y yo salí corriendo. ¿Tengo fuerzas para volver a intentarlo? ¿Acaso importa cuando mis posibilidades de éxito son mínimas y una parte de mí no quiere marcharse siquiera?

Nunca he entendido cómo se puede querer y odiar a alguien al mismo tiempo, pero con Hayden lo he comprendido.

—Suéltame —digo con voz calmada a pesar del torbellino que siento por dentro.

Hayden posa un dedo en mi barbilla y me levanta la cara.

—Nunca.

Lo miro fijamente sin esforzarme en ocultar mi furia.

—Ahora mismo no quiero que me toques.

—Señorita Green, ojalá trate de impedirlo.

La impotencia de mi situación se eleva como si fuera vapor, calentándome de pies a cabeza. Me resisto, pero su agarre es demasiado fuerte y me frustra aún más. En un último esfuerzo por liberarme, le lanzo las perlas. Las esferas iridiscentes le impactan en la cara y en el pecho, luego rebotan y tintinean al caer al suelo.

Me suelta, y aprieto los labios para evitar quedarme con la boca abierta, incapaz de creer que ha surtido efecto. Sin sus manos encima, se despejan mis pensamientos y relativizo toda esta retorcida situación.

—Hayden, me importas, más de lo que me gustaría admitir ahora mismo. —Cuando enarca una ceja en desaprobación, se me hunde el estómago—. Pero tienes que ponerte en mi lugar. ¿Cómo te sentaría si alguien violara tu confianza e invadiera tu privacidad?

—Según el motivo. Si una madre mata a alguien por hacerle daño a su hijo, ¿la condenarías?

Sacudo la cabeza.

—Eso es distinto, porque ella no le habría hecho daño a alguien que quiere.

Él se tensa.

—Independientemente de si quieres admitirlo como si no, me has hecho daño con tus acciones. Necesito tiempo para...

—¿Para... qué? —pregunta enfatizando cada palabra.

—Para ver si puedo superarlo.

Hayden sonríe y la burla de su expresión hace que se me pongan los pelos de punta.

—¿Y si no puedes?

—No... no lo sé.

—Permítame ser claro, señorita Green. Esa *no* es una opción. —Se inclina hacia delante y coloca los labios en mi oreja—. Puedes huir, pero *siempre* te perseguiré.

Doy un paso atrás y él levanta la cabeza, observa cada movimiento mientras me cruzo de brazos. La acción no es más que un intento de alzar una barrera entre los dos, necesito interponer toda la distancia posible.

—Puede que me persigas físicamente, ¿pero aquí? —digo señalándome la sien—. Aquí no puedes seguirme, no importa lo que hagas.

Frunce el ceño y su aire de seguridad se va desvaneciendo. Sus ojos azules brillan con confusión y con algo que nunca he visto: miedo. Una puñalada que agrieta la fachada de valentía en la que me estoy refugiando.

—Hayden —le digo intentando mantener la voz firme—, no hay nada más de lo que hablar. Estamos en un callejón sin salida.

No se mueve, ni siquiera para hacer ver que ha escuchado lo que he dicho. O tal vez lo hace a propósito para mostrar que no está de acuerdo.

—Voy a dar por terminada esta noche —digo.

—Pero no has cenado.

Me encojo de hombros.

—Pierdo el apetito cuando estoy molesta.

«Molesta» podría ser el eufemismo del año. Tengo el cerebro tan embrollado que no sé si podré masticar y tragar la comida sin atragantarme. Y con el zumbido de mis pensamientos en la cabeza, dudo que pueda dormir esta noche.

—Vas a cenar, aunque tenga que darte de comer a la fuerza. —Su tono no deja lugar a discusiones—. Así que o vas a la cocina o te llevo yo en brazos, pero sea como sea, vas a ir.

Levanto la barbilla indignada con un leve bufido.

—Está bien.

No le espero. Mis pies descalzos se hunden a cada paso en la alfombra de felpa hasta que llego a las frías baldosas de la cocina. El brusco cambio de temperatura me produce escalofríos, pero no más que el depredador que tengo detrás. Aunque no le oigo caminar, puedo sentirlo.

Siempre lo hago.

—¿Alguna preferencia para esta noche? —pregunta.

Me giro para mirarle y sacudo la cabeza.

—No importa lo que me des, no voy a disfrutarlo.

—Señorita Green, va a disfrutar *cualquier cosa* que meta en esa preciosa boca. —Cuando frunzo los labios, me lanza una sonrisita—. Siéntate.

Mi orgullo, ya en carne viva por sus mentiras, se resiente ante la orden. Cruzo los brazos y le miro fijamente. Su mirada se reduce a poco más que una rendija.

—Siéntate. Ahora.

Sigo sosteniéndole la mirada, rogando a mi fortaleza interior que se mantenga firme. Retroceder no es una opción. No cuando este hombre se ha apoderado de mí de más formas de las que me gustaría admitir.

Se abalanza sobre mí en un abrir y cerrar de ojos, demasiado rápido para que mi cerebro pueda procesarlo. Suelto un grito al sentir sus manos agarrándome por la cintura. Me sube a la isla y sus dedos se clavan en la tela de mis vaqueros. Opté por ponérmelos junto a una blusa lisa en lugar de la ropa de Hayden. Cuando encontré las perlas en su bolsillo, me quité el abrigo de inmediato.

Lo miro fijamente, incapaz de respirar con normalidad mientras la ansiedad se apodera de mí. Mi pecho sube y baja con cada respiración y él fija su atención en el sutil escote que deja ver mi top. Resisto el impulso de subirlo.

—Mis ojos están aquí arriba.

Tuerce los labios.

—No voy a disculparme.

—¿Entonces qué estás haciendo?

—Asegurándome que no te mueves de aquí.

Suelto un bufido.

—No voy a ir a ninguna parte.

—Me alegro de oír que aceptas lo inevitable —dice—, porque ahora eres mía.

2

CALISTA

Las palabras de Hayden me envuelven como un lazo: suaves como la seda, pero limitantes y asfixiantes.

Me observa por un momento como si me retara a bajarme de la isla. Ya he jugado con fuego y he visto las consecuencias. No me interesa recibir otra lección.

Antes de que pueda pensar en una respuesta, camina hacia el frigorífico y saca una bandeja repleta de fruta, queso y galletas saladas. Los colores vibrantes son demasiado alegres para la tensión que carga el ambiente. Al igual que la decoración blanca y negra que nos rodea, Hayden y yo somos polos opuestos. Mientras que él es autoritario y duro, yo soy empática y compasiva.

En un mundo ideal, nos complementaríamos a la perfección.

En un mundo retorcido, nos destruiríamos el uno al otro.

Coloca la comida a mi lado y la miro con desgana. No mentía cuando decía que me resulta muy difícil comer cuando estoy ansiosa. Entre la pérdida de mi padre y mi situación económica, estoy más delgada de lo que he estado en mi vida. Nadie lo diría por la forma en la que Hayden me mira.

Tal y como lo hace ahora.

Agarra una galleta salada y le coloca una loncha de queso encima, después me la ofrece. Sacudo la cabeza. Enérgicamente. Todo lo que hace —excepto ser un gilipollas mentiroso— es sexy. Antes muerta que dejar que me seduzca con un puto trozo de queso. Por no mencionar que aceptar cualquier cosa de él sería como un acto de rendición.

—Puedo sola.

—Lo sé.

—Hayden… —le advierto.

—Es esto —dice levantando la comida— o mi polla. Tú decides.

Me deja con la boca abierta. Enseguida se aprovecha de mi perplejidad para meterme la galleta en la boca. Mastico mientras lo fulmino con la mirada, disfrutando el sabor intenso que me cubre la lengua.

—Buena chica —murmura.

Me atraganto y abro mucho los ojos. Después de obligarme a tragar la comida, vuelvo a mirarle con los ojos entrecerrados. Hayden coge una fresa y la muerde despacio, sin apartar los ojos de los míos. El jugo gotea por sus largos dedos y se me seca la boca al recordar las cosas que me ha hecho con ellos.

—Mis ojos están aquí arriba —dice arrastrando las palabras.

Me tenso al darme cuenta de que me ha pillado mirándolo con descaro y desvío la mirada. Rápidamente, coloca un dedo bajo mi barbilla y guía mi rostro de vuelta hacia él.

—Abre para mí —me dice. Cuando separo los labios, sus pupilas se contraen—. Qué buena chica.

Me invade el calor ante el halago. La excitación y la ira se entremezclan, dejándome caliente y temblorosa. Aprieto los muslos y pienso en cualquier cosa menos en el hombre que tengo delante, pero vuelve a hacer que centre mi atención en él con cada caricia y cada palabra.

Me obligo a permanecer quieta hasta que he comido suficiente, y entonces bajo de un salto antes de que Hayden pueda detenerme. Tras correr hacia el otro lado y poner la isla entre nosotros, sacudo la cabeza.

—Estoy llena.

Deja la pieza de piña que tiene en la mano y agarra una servilleta para limpiarse los dedos.

—Entonces vamos a la cama.

—No voy a dormir contigo.

Levanta la cabeza de golpe.

—¿Podrías repetir eso?

—Nop.

Sus ojos brillan divertidos.

—Me lo imaginaba.

—Lo digo en serio. Necesito tiempo para pensar.

—Pues piensa. En mi cama. Conmigo.

Casi doy un pisotón como una niña malcriada.

—No me estás escuchando.

—Desde luego que te escucho. Solo estoy denegando tu sugerencia.

—No es ninguna sugerencia, ni petición, ni nada que requiera tu puto permiso.

—Cuide su lenguaje, señorita Green.

Dejo escapar un grito con todas mis fuerzas. El sonido rebota en las paredes y los muebles, y me perfora los tímpanos con fuerza suficiente como para que me detenga. Cuando aprieto los labios, Hayden ladea la cabeza.

—¿Te sientes mejor? —pregunta con un deje de reproche, sin perder la calma.

—La verdad es que no.

—Ven aquí.

No es una sugerencia.

Lo miro con suspicacia.

—¿Por qué?

—Pareces agotada.

—He tenido un día bastante emocionante —no me molesto en ocultar mi sarcasmo—. ¿Con qué frecuencia descubre una chica que el hombre con el que vive es su acosador?

—¿Con qué frecuencia encuentra un hombre a una mujer por la que destruiría el mundo?

Inclino la cabeza y suelto un suspiro de derrota mientras cierro brevemente los ojos, ignorando cómo se me agita el corazón en el pecho.

—Para. No puedo hacer esto contigo ahora.

—Ven aquí, Callie.

Su tono es suave y delicado, un bálsamo para mi alma herida. Golpeo la isla con las palmas de las manos para no ir hacia él. Para no aceptar el consuelo de un monstruo.

—Necesito estar sola —digo con voz suave y débil. Cada vez que rechazo a Hayden se abre otra grieta en mi barrera contra él. Puedo remendar los agujeros de mi armadura cuando se muestra autoritario, pero ¿esta parte tierna?

Me rompe.

—Por favor. —Mi súplica no es más que un suspiro, la última muestra de rebeldía, un monosílabo de debilidad y desesperación. Hayden me mira desde el otro lado de la isla, tan cerca físicamente, pero tan lejos emocionalmente. El abismo que nos separa es una presencia que se cierne sobre nuestra relación. Lo que queda de ella. El hermoso hombre que tengo delante traga saliva, justo antes de exhalar un fuerte suspiro.

—Muy bien.

No le pregunto qué quiere decir. En lugar de eso, aprovecho el breve respiro y rodeo la isla. Y a él. Una vez que mis pies tocan la alfombra, me dirijo a la habitación de invitados situada unas puertas más abajo del dormitorio de Hayden.

Siento un hormigueo en la columna vertebral durante todo el camino y mis sentidos se esfuerzan por captar cualquier rastro de que me está siguiendo. Cuando llego al pasillo, me detengo y echo un vistazo por encima del hombro.

Hayden está exactamente donde lo dejé en la cocina. Todo su cuerpo está tenso y completamente inmóvil, pero eso no es lo que me roba el aliento. Está agarrado a la encimera con la cabeza inclinada, en una posición de derrota y desesperación absoluta.

Me muerdo el interior de la mejilla para evitar llamarlo. O peor, regresar a su lado. Puede que me preocupe Hayden, pero este problema que tenemos no se va a resolver a menos que él vea cómo me duele su comportamiento.

Necesito toda mi fuerza de voluntad para volver a girarme y seguir avanzando. Cuando me pongo en marcha, acelero el paso hasta que estoy en la habitación vacía con la puerta cerrada detrás de mí.

Una sonrisa amarga me tuerce la boca mientras dejo caer todo mi peso contra la puerta. Puede que Hayden esté molesto porque me haya encerrado en la habitación, pero no me ha dejado más remedio. Necesito un momento de paz.

No es que crea que un simple mecanismo de metal pueda impedirle llegar hasta mí. Sin duda, en mi apartamento no funcionó. Con un sollozo, me deslizo hasta sentarme en el suelo. Me llevo las rodillas al pecho, apoyo la frente en ellas y me rodeo las piernas con los brazos. Hecha un ovillo, dejo que las lágrimas fluyan.

Lloro por mi corazón destrozado.

Lloro por mi confianza rota.

Lloro por mi futuro desolador.

¿Cómo se supone que voy a superar que Hayden me haya mentido? ¿Acaso es eso posible? No tengo ni idea.

El terror a lo desconocido se mezcla con mi sufrimiento para dar paso a una ansiedad insoportable que me hace sollozar cada vez más. Mi cuerpo no es más que un conjunto de piel y huesos firmemente unidos mientras siento que me desmorono por dentro.

¿Cómo puede una persona hacer tanto daño?

Tiemblo tanto que golpeo la espalda contra la superficie de madera que tengo detrás, un repiqueteo que marca el ritmo de mi desgracia. Cada temblor y cada lágrima es una manifestación de mi corazón destrozado, al que le cuesta latir a pesar de que sigo respirando.

Siento la presencia de Hayden antes de escucharle hablar:

—¿Cariño?

Escuchar esa palabra me rompe el alma. Me muerdo el puño hasta que el sabor de la sangre me golpea la lengua. No puedo acudir a él, no cuando soy yo quien ha pedido espacio. Pero escuchar su voz y la preocupación que hay detrás… Soy como un adicto que necesita droga a sabiendas de que solo me hará daño.

El silencio está cargado y se hace más pesado con cada segundo que me resisto a hablar. Enseguida silencio mis sollozos al tener a Hayden al otro lado de la puerta. No los reprimo por él. Lo hago por mí.

No pienso darle una razón para romper la cerradura, así como los retazos que me quedan de dignidad.

Al oír cómo se alejan sus pasos, suspiro de alivio. Puede que haya aguantado la respiración cuando había apenas cinco centímetros entre nosotros, pero las lágrimas seguían rodando por mi cara. Parece que no van a parar nunca, pero, como todo en la vida, llegan a su fin.

Me tumbo en el suelo, sin preocuparme por la comodidad ni por nada más, mientras busco el consuelo que solo el sueño puede darme. Cierro los ojos y me concentro en los latidos de mi corazón en lugar de en el hombre que está al final del pasillo. Pero mi cerebro se niega a cooperar. Puede que le haya dicho a Hayden que nunca se metería en mi cabeza, pero es mentira.

Me sigue en mis sueños.

Y los convierte en pesadillas.

3

HAYDEN

Todo este día ha sido una completa cagada.

Me agarro al borde de la encimera hasta que me tiemblan los brazos y me duelen los músculos. Esta pequeña molestia no es nada en comparación con la frustración que fluye a través de mí como lava fundida, y me quema por dentro por la culpa. Quiero arrancarme este sentimiento del pecho, pero por mucho uso que haga de la violencia, no voy a librarme de esta incómoda emoción.

Mi única esperanza de encontrar la calma está en manos de una mujer que me detesta.

Me alejo de la encimera y camino hacia el salón. Mis pensamientos están tan desperdigados como las perlas que cubren el suelo. Me agacho para recoger las pequeñas joyas, y me maldigo a mí mismo por no tener más cuidado al esconderlas. Si no hubiera estado tan obsesionado con encontrar al agresor de Calista, no me hubiera olvidado las perlas en el abrigo.

En cuestión de minutos, vuelvo a tenerlas en el bolsillo. *Todas*, las sesenta y cuatro. Las conté la noche en la que irrumpí en el apartamento de Calista. Quería saber cuántas veces tendría que masturbarme antes de devolverle cada una de ellas. Al final no necesité tantas.

Pero puede que ahora sí.

Por voluntad propia, mi cabeza se gira en la dirección en la que se acaba de ir; mis ojos están hambrientos por verla. El pasillo está vacío. La decepción crece junto con mis ganas de ella. Después de descubrir la conexión de la droga de sumisión química en los tres casos, quería aliviar mis preocupaciones con el calor de su coño y la calidez de su abrazo, pero la mirada que me lanzó cuando entré por la puerta…

Sacudo la cabeza como si con eso pudiera deshacer la imagen mental. En mi mente, Calista me mira con algo peor que el enfado. Con el dolor de la traición. En ese momento, hubiera dado cualquier cosa por borrar ese dolor de su expresión. Ser testigo de ello ha sido una agonía pura, aunque, ¿saber que yo soy el responsable?

Brutal.

No voy a disculparme por acosarla. Si lo hiciera, estaría mintiendo, y ya lo he hecho demasiadas veces. Eso no quiere decir que vaya a confesarle la verdad sobre el asesinato de su padre. Si Calista cree que me odia ahora, saber eso arruinaría cualquier oportunidad de ganarme su corazón.

Puede que ya haya jodido cualquier posibilidad.

Pero no voy a rendirme. No puedo porque ella es mi razón para vivir. Antes de ella, simplemente existía. Ahora que sé lo que significa recibir su afecto, no puedo volver a lo que era antes.

La venganza no es suficiente.

Tal vez no lo haya sido nunca.

Mi necesidad de justicia sigue ahí. Si acaso, se ha amplificado con lo que le ocurrió a Calista.

El asesinato de la secretaria me llevó a matar al senador Green; lo cual, por consecuencia, arruinó la vida de Calista. Voy a arreglar las cosas, no importa ni cómo ni el tiempo que me cueste.

La única cosa más fuerte que mi determinación es mi necesidad de ella.

Miro por la ventana y recorro con la mirada el horizonte de la ciudad. Las luces luchan contra la oscuridad de la noche e iluminan todo lo que tocan. Eso es lo que Calista hace conmigo. Ilumina mi alma oscura.

Unos golpes amortiguados llegan a mis oídos e inclino la cabeza, concentrándome en el sonido. Me enderezo y lo sigo hasta que estoy de pie en frente de la puerta de la habitación de invitados, donde puedo oírlo claramente.

Junto con los sollozos de Calista.

Me parten el alma, y casi me doblo sobre mí mismo. En lugar de eso, me quedo completamente quieto, sin saber bien qué hacer. Mi instinto me exige que tire la puta puerta abajo, pero no puedo entregarme a mis impulsos.

Tampoco puedo oírla sufrir.

Levanto la mano para llamar a la puerta, pero la dejo caer a un lado. Puede que esta sea mi casa, pero ahora mismo Calista es quien tiene todo el poder en esta situación. Sobre *mí*.

Inspiro despacio y dejo escapar el aire antes de llamarla.

—¿Cariño?

La forma tan suave en la que digo la palabra me coge por sorpresa. Ya sé que he usado este apodo antes con ella, pero usarlo ahora mismo es una prueba de lo vulnerable que soy cuando se trata de esta mujer. ¿Sabe Calista que podría pedirme cualquier cosa y yo no tendría la fuerza para negársela si con eso consiguiera tenerla de vuelta?

Aprieto los dientes. Independientemente de nuestra discusión, ella me pertenece. No contemplo la idea de lo contrario. Es, simplemente, inaceptable.

Estar sin ella no es una opción para mí.

Ni para ella.

Me toma cada gramo de fuerza de voluntad que poseo para alejarme de los sonidos de su sufrimiento. Cuando estoy en mi habitación, camino para aliviar el desorden embravecido de mis emociones. Los ojos empañados de lágrimas de Calista me persiguen y sus sollozos hacen eco en mis oídos hasta que me agarro del pelo, a punto de arrancármelo del cuero cabelludo.

Las cosas tienen que volver a ser como antes. No puedo imaginar que no volveré a ver su sonrisa o a oír su risa de nuevo. Cuando conocí a Calista por primera vez en el juicio de su padre, quería saber todo sobre ella. No fue hasta el funeral del senador que por fin me di permiso para hacerlo.

Calista tiene tanta bondad dentro que ni la vileza de su trauma ha sido capaz de matarla. Descubrí la pureza de su corazón y, desde entonces, solo he deseado protegerla. Nada ha cambiado. Si eso implica engañarla, que así sea.

Su enfado y su dolor se irán desvaneciendo con el tiempo. Deben hacerlo. He actuado con buenas intenciones. Toda mi motivación era mantenerla a salvo. Ahora mismo, Calista no es capaz de verlo, pero lo hará.

Debe hacerlo.

Espero tanto como puedo hasta que la necesidad de ir a por ella es abrumadora. Entonces vuelvo a su puerta con las ganzúas en la mano. Mi necesidad de saber que está bien sobrepasa su deseo de privacidad. Cuando sepa que está bien, tendré lo que necesito para alejarme.

Dios, soy un mentiroso.

Calista va a dormir en mi cama y punto.

Todo el ático está sumido en un silencio escalofriante. No hay sollozos ni golpecitos rítmicos en la puerta. El único sonido es el suave chasquido de la cerradura al deslizarse y el giro del pomo que engrana el mecanismo de la puerta.

Abro y miro en la oscuridad. La luz de la luna ilumina la habitación, lo que me deja ver la cama intacta y la silla vacía. Con el pulso golpeándome en los oídos, recorro el área con la vista y mi mirada aterriza en la mujer hecha un ovillo que está en mis pies.

Me pongo en cuclillas y le coloco los dedos en el cuello; dejo escapar un suspiro cuando encuentro su pulso estable. Calista no se estremece ante mi contacto, su pecho sigue subiendo y bajando a un ritmo constante.

Está preciosa cuando duerme.

Le retiro un mechón suelto de la cara, el tacto de su piel casi me hace gruñir. Tocarla no solo es un placer. Es terapéutico.

La agitación que siento empieza a disminuir en el momento que la tomo entre mis brazos. Espero que se despierte y se resista contra mí, pero sigue sumida en un sueño profundo. Sin que se oponga, la acerco a mi pecho y respiro su aroma, y el perfume floral invade mis sentidos.

La llevo a mi habitación, con pasos regulares para evitar despertarla de golpe. Me gusta el temperamento fuerte de Calista, pero esta noche necesito abrazarla. Aunque solo sea para calmar mis demonios por un momento.

Cuando llego a mi cama, una punzada de desgana me recorre ante la idea de soltarla. Sacudo la cabeza y lo hago aun así, con la intención de unirme a ella. El sitio de Calista está a mi lado.

Todo el tiempo.

El calor de su piel persiste en mis manos y las cierro en un puño para evitar tocarla de la forma que quiero. En lugar de eso, la desvisto con cuidado. Empiezo por la blusa, desabrocho los botones hasta que dejo al descubierto los suaves montículos de sus pechos y el surco elegante de su vientre. Cada centímetro de su piel me tienta.

La lujuria se apodera de mí, como cada vez que veo a esta mujer. Me apresuro a dejarla a un lado y continúo quitándole la ropa. Los vaqueros son un reto, no solo por quitárselos sin despertarla, sino porque veo su ropa interior de encaje, y casi se la arranco del cuerpo.

Puede que no sea capaz de meterme dentro de la cabeza de Calista, pero ella me ha jodido la mía.

Cuando no lleva nada más que el sujetador y las braguitas, me desvisto hasta que estoy completamente desnudo. No me cabe duda de que Calista va a enfadarse cuando se despierte en mi cama, así que estar desnudo no va a marcar la diferencia.

Me dejo caer en el colchón y deslizo los brazos a su alrededor, acercando su cuerpo al mío, con su espalda en mi pecho. El contacto físico me relaja, así como el ritmo suave de su respiración. Sin embargo, las manchas de lágrimas en su mejilla son como un cuchillo retorciéndome las entrañas.

—Eres mía —le digo, mientras extiendo la mano para tocarla, para templar el sentimiento de culpa que está volviendo a aflorar. Le paso los dedos por el pelo, los deslizo por el hombro y bajo por el brazo hasta que llego a la curva de su cadera—. No voy a dejar que te vayas —susurro contra su piel—. Te advertí que quería hacerte mía, y lo he hecho. Cada parte de ti, ahora me pertenece a mí.

Freno por un momento cuando suspira en sueños. El sonido es despreocupado, confiado. Me remueve algo muy dentro, algo que no quiero identificar.

—Tu asombrosa capacidad de perdonar me confunde, pero la necesito —le digo—. No voy a disculparme por protegerte porque tu vida es lo único que me importa. Sin embargo, siento haberte hecho daño.

La honestidad de mis palabras me deja tan atónito como el hecho de estar disculpándome, lo cual nunca he sentido necesidad de hacer. Pero Calista es mucho más que mi amante. Es la mujer que me importa.

Y mi futura esposa.

4

CALISTA

El estado onírico entre el sueño y la vigilia es una de mis sensaciones favoritas. Es un instante en el que las preocupaciones no me atosigan y no hay nada excepto una completa serenidad. Es como una burbuja calentita que me protege del resto del mundo.

A medida que voy despertándome, ese confort amenaza con desaparecer. Me aferro a él, tratando de permanecer en este estado de tranquilidad por un ratito más, pero la consciencia se abre paso. Un peso desconocido me cubre el costado y abro los ojos de golpe.

Recorro la habitación con la mirada e inmediatamente me doy cuenta de que es la de Hayden. Entonces, los recuerdos de anoche vuelven de golpe. Las perlas y sus mentiras. Las verdades al descubierto y mis lágrimas.

Salvo que no recuerdo cómo he acabado en su cama.

Siento un hormigueo por todo el cuerpo. Giro levemente la cabeza y me quedo de piedra. Hayden está acurrucado contra mí rodeándome la cintura con el brazo, y con la cara hundida en la curva de mi hombro. Su aliento me roza la piel, cálido y constante. Nuestras piernas están enredadas bajo las sábanas y me arde la piel en las partes en que su piel desnuda toca la mía.

Teniendo en cuenta que está desnudo, siento como si yo estuviera en llamas.

Ignoro cómo reacciona mi cuerpo ante su proximidad, lo miro fijamente. Nunca he visto a Hayden de esta manera, y me lo grabo en la memoria sin poder evitarlo. Sus rasgos están suavizados por el descanso, su rostro carece de las líneas que se le marcan alrededor de la boca, los ojos y la frente, y que le otorgan un semblante severo. Además de cruel.

Esta expresión desprevenida le hace parecer accesible, en lugar de distante.

Adorable, en lugar de odioso.

El corazón me late de forma torpe y dolorosa en el pecho. Sé que debería salir de aquí —no solo de la cama, sino de esta relación por completo—. Aun así, hay una parte de mí, una *muy* tonta, que quiere que esto que tenemos funcione.

Se me cierran los ojos al sentir su respiración calmada y el calor de su cuerpo contra el mío. Se me hace fácil ignorar mis problemas y concentrarme en el hombre que me sostiene entre sus brazos como si temiera perderme.

Si es que no lo ha hecho ya…

Recuerdo nuestra pelea y me estremezco al pensar en la frialdad que irradiaba de Hayden cuando me miró a los ojos y admitió ser mi acosador. En lugar de disculparse y buscar mi perdón, usó mi seguridad como justificación de sus acciones.

El breve instante de calma en su abrazo se disipa mientras sale el sol. Me doy la vuelta agarrando las sábanas con los puños. En mi interior, el resentimiento lucha contra el afecto hasta que creo que voy a implosionar.

Como si notara mi agitación, Hayden se revuelve. Se acurruca en mi hombro y murmura algo que no logro entender… salvo una única palabra.

Cariño.

Me escuecen los ojos con las lágrimas que se acumulan y el nudo que se va formando en mi garganta me hace respirar con dificultad. Me centro en mantener la calma metiendo aire en los pulmones y soltándolo despacio. Anula mis esfuerzos rodeándome la cintura con el brazo y de sus labios se escapa un suspiro de satisfacción.

Estoy atrapada, inmovilizada debajo de él y bajo el paso de su traición. Por no mencionar mis propios sueños rotos de amor y felicidad.

El aliento de Hayden me roza la curva del cuello, justo antes de que toda su constitución se ponga rígida. Levanta la cabeza y puedo sentir cómo me recorre con la mirada. Es como una caricia física. Aprieto los dientes y me mantengo inmóvil, sin querer mostrar ningún tipo de reacción ante él.

—¿Calista? —Bajo el tono de su voz, ronca por el sueño, se esconden hilos de incertidumbre—. ¿Estás despierta?

Asiento, incapaz de hablar, pero sabiendo que si ignoro a Hayden, añadiré aún más problemas a la, ya de por sí, delicada situación. No hay razones para andarse con rodeos con el hombre que se niega a obedecer las normas.

—Mírame. —No es una petición. Con Hayden, rara vez lo es.

—No —contesto.

Suelto las sábanas y le doy un manotazo en el brazo con intención de quitármelo de encima. En el instante que la palma de mi mano toca su antebrazo, Hayden se mueve. En un parpadeo, me gira sobre la espalda y se coloca encima de mí, con las rodillas flanqueando mis caderas y las manos rodeándome las muñecas a ambos lados de mi cabeza.

El aire se me queda atascado en los pulmones al sentir su cuerpo pegado al mío, y por la expresión de su rostro. Lo miro fijamente y el enfado que encuentro en él no me sorprende. Es el breve destello de pánico lo que no puedo ignorar tan fácilmente.

Hayden se queda callado durante un buen rato. Cuando vuelve a hablar, su voz suena controlada y su expresión vuelve a permanecer estoica.

—Calista, tenemos que hablar.

Miro hacia otro lado, sin querer ni ser capaz de mirarle a los ojos.

—Simplemente, escúchame —me dice, apretando los dedos en mis muñecas—. La droga que te suministraron es la misma que se encontró en el organismo de Kristen Hall y también la que le provocó la muerte a mi madre. No son casos aislados como creí en un principio. Todos estos hechos están conectados.

Clavo los ojos en los suyos mientras el miedo me hiela la sangre. Busco en su cara cualquier signo de indecisión, pero no lo encuentro. Cuando abro la boca para responder con una débil negación, no sale nada. Las lágrimas brotan y se derraman por mis sienes.

Hayden hace un leve sonido de angustia antes de soltarme una de las muñecas para secarme las lágrimas. Este gesto tierno solo hace que rueden aún más. Cierro los ojos con fuerza contra la oleada de emociones que amenaza con ahogarme.

—Esta droga salió de la nada —dice—, y no pararé hasta que descubra al creador, al fabricante y a los distribuidores. Todo esto puede ser la clave para cerrar los casos, o puede que no lleve a ningún sitio. Sea como sea, voy a averiguarlo. Te prometo que no saldrán impunes de esta.

A pesar de la agresividad de su tono, me roza con el pulgar el interior de la muñeca con suaves caricias. Reprimo una mueca de dolor. El contacto de Hayden alivia mis heridas a la vez que me provoca otras nuevas con su cercanía.

—Shh, Callie. No pasa nada.

Se agacha para besarme la piel húmeda. Su contacto casi me desarma. Me pongo rígida al sentir sus labios y cierro fuerte los ojos. Esta muestra de afecto tan poco característica me ablanda el corazón. El muy traicionero.

—No te preocupes —susurra, y su aliento me roza los labios. Me da un beso en un párpado, y luego en el otro—. Vamos a superar esto.

Dejo escapar una exhalación temblorosa, reconfortada por su fuerza y confianza a pesar de todo lo que ha hecho. El dolor sigue ahí, y mi preocupación va más allá de esta nueva información, pero hay demasiado por resolver entre nosotros como para que pueda pensar con claridad.

—Tengo que irme —digo, reuniendo por fin el valor para mirarlo.

Él niega con la cabeza.

—¿Qué es lo que quieres?

—Muchas cosas, pero primero quiero que me hagas una promesa.

Frunzo el ceño.

—¿A qué te refieres?

—Quiero que me prometas que no vas a escapar. Sé que piensas que soy un...

—No tienes ni idea —le digo alzando la voz—. Confiaba en ti y me mentiste, Hayden.

—¡Para mantenerte con vida! —Su grito hace eco en la habitación y me deja sin palabras—. ¿Es que no lo entiendes? Si te pierdo, no voy a poder soportarlo, Callie.

Su arrebato se queda flotando en el aire entre los dos, crudo y lleno de angustia. Lo miro fijamente, observando el tormento que le ilumina los ojos, y los convierte en piedras preciosas. Se pasa una mano por la cara y expulsa el aire con brusquedad.

—Tienes razón —dice—. Ya no tengo ni puñetera idea de nada cuando se trata de ti.

—Hayden, yo...

Él desliza la mano por mi pelo para agarrarme la nuca. Me levanta la cara de un tirón firme para obligarme a mirarle a los ojos.

—No vas a salir de esta cama hasta que accedas a dejar que te mantenga a salvo —dice—. Puedes odiarme, pero vas a darme lo que quiero.

Aprieto los labios, no estoy dispuesta a comprometerme a nada sin haberlo pensado antes. No huir significa tener que estar cerca de él cada día y, en cierta medida, confiar en que no me haga más daño. Es una promesa demasiado importante.

Y arriesgada.

Hayden me libera las muñecas para acariciarme la cadera. Mis pensamientos se dispersan como granos de arena entre las olas del mar. Parpadeo varias veces para volver a centrarme mientras él me mira con los ojos brillando de determinación y deseo.

Persuasión a través de la seducción.

¿Hay algo más letal?

Quiero arquearme hacia su contacto, fundirme en él hasta que olvide cuánto me ha decepcionado y no haya nada entre nosotros más que puro placer. Me toma cada grano de fuerza de voluntad el quedarme quieta, pero eso no disuade a mi cuerpo de reaccionar a él. El calor se enciende por donde quiera que sus dedos acarician mi piel. Se me entrecorta la respiración, siento los pechos pesados y mis pezones se endurecen, reclamando su boca.

Lleva escrita en la cara la necesidad de que me someta, se nota en cada pizca de tensión que recubre su cuerpo. Se mueve encima de mí para meter la mano entre mis muslos. Se me escapa el aliento de golpe cuando siento su pulgar rozándome el clítoris por encima de la ropa interior.

Agacha la cabeza para mordisquearme el lóbulo antes de pasar la lengua por toda la oreja.

—Voy a esperar todo lo que sea necesario.

Le coloco las manos en el pecho, los músculos se contraen con mi contacto. Ambos nos provocamos el mismo efecto. No es ninguna sorpresa, pero me hace sentir empoderada.

—Antes quiero algo —digo.

—No estás en posición de negociar. A menos que vayas a usar tu cuerpo como garantía.

Tira de mis braguitas a un lado y me introduce dos dedos. Se me escapa un gemido que llena el espacio entre los dos. Le clavo las uñas en el pecho para evitar levantar las caderas y meterlo más adentro.

Hayden sonríe de medio lado.

—Señorita Green, ¿puede explicarme cómo he sido capaz de deslizar mis dedos con tanta facilidad por este coño tan apretado que tienes?

Sacudo la cabeza.

—Es porque estás mojadísima —dice—. Puede que creas que me odias, pero tu cuerpo no opina lo mismo.

—Hayden. —La voz me sale en un susurro, sin la convicción que necesito para tratar con este hombre—. No lo hagas.

—¿Que no haga, qué? —Curva los dedos provocando que me recorra una ola de placer—. Que no… ¿pare? Dime lo que quieres, Callie.

Empieza a acariciarme. Mi orgullo lucha contra la lujuria. Me ablando bajo él y un gemido me baila en la lengua. Sé el momento justo en que lo escucha. Empieza a acelerar los movimientos, con tanta fuerza que me levantan las caderas.

—Prométemelo —dice.

—Yo también quiero algo.

—¿Esto no es suficiente para ti? —Introduce un tercer dedo dentro de mí, estirándome. Cuando suelto un grito ahogado por el placer, él sonríe—. ¿Tal vez prefieras mi polla?

—No —miento—. Quiero que me pagues los estudios cuando vuelva a la universidad.

—Hecho.

Cierro los muslos de golpe, pero eso no le frena. Si acaso, continúa con más rudeza, insistiendo más en hacer que me corra.

—Quiero que me lo cubras todo.

Me sonríe con suficiencia.

—Por supuesto.

Lanzo un gruñido ante su insinuación. No tengo la fuerza para pelear con él mientras me está follando con los dedos.

—En la Universidad de Columbia. —Cuando asiente, balbuceo—: Vale, lo prometo.

Sus ojos refulgen de triunfo y hambre. Choca su boca contra la mía en un beso ardiente mientras sus dedos me llevan inexorablemente al borde. El pensamiento racional me ha abandonado hace tiempo, reemplazado por Hayden y mi necesidad de él. Alcanzo el orgasmo después de rendirme a las exigencias de mi cuerpo, y me hago añicos entre sus brazos. Me abraza y me observa con una intensidad que roza lo maníaco.

—Nunca discutas con un abogado. No vas a ganar.

5

CALISTA

No tengo ningún tipo de autocontrol cuando se trata de Hayden.

Con una última mirada al hombre responsable de mi falta de restricciones, ruedo para alejarme de él y salir de la cama. Me observa mientras camino hacia el armario, elijo un conjunto y me dirijo al baño para prepararme para el día.

—¿Dónde vas, Calista?

Enderezo la espalda al escuchar su voz y me paro en seco. Me quedo de piedra, incapaz de mirarle cuando respondo. Hayden tiene una forma de leerme que me incomoda y eso me pone en desventaja a la hora de tratar con él.

—Tengo una cita médica esta mañana.

—¿Para qué?

—Es personal. —Me giro para mirarle por encima del hombro—. Por una vez, no te metas en mis asuntos.

Se burla.

—Tú eres mi asunto. *Todo* de ti. Especialmente tu bienestar.

—Tú eres malo para mi salud. Solo para que lo sepas.

Tuerce la boca.

—Déjate de rodeos.

—Voy a ver a mi ginecóloga.

Me mira con cara de asombro y los ojos muy abiertos. Luego los cierra con sospecha.

—¿Intentas abortar?

Me aprieto la ropa contra el pecho y me giro para mirarle.

—Ay, por Dios. ¿Lo dices en serio?

Hayden se levanta del colchón y se queda erguido con los brazos cruzados. La luz del sol choca contra su cuerpo y lo convierte en dorado. Cada hendidura y fibra muscular se exhibe para que lo contemple como si fuera una estatua romana. Solo que él es de carne y hueso, y una tentación a la que no puedo entregarme. Otra vez no.

—Responde a la pregunta —dice con palabras medidas, pero contundentes.

—La cita no es para eso.

—Entonces, ¿para qué es?

Suspiro.

—Para solicitar anticonceptivas, ¿de acuerdo? Tengo que tener la presión por las nubes con esta conversación —musito.

Relaja la postura y deja caer los brazos a los lados, en total contradicción con la urgencia de su tono.

—Si estuvieras embarazada, ¿me lo dirías, Callie?

Frunzo el ceño.

—Claro que sí. Tendrías derecho a saberlo.

Asiente, llegando a una conclusión tácita.

—Así que anticonceptivas, ¿eh?

—Sí.

Una sonrisa le tira de los labios.

—¿Para qué las necesitas?

—¿Que para qué las necesito? —Arrugo la frente, confusa—. ¿A dónde quieres llegar, Hayden? ¿Y por qué tienes esa estúpida sonrisa en la cara?

—No necesitarías ningún método anticonceptivo a menos que siguieras pensando en acostarte conmigo.

Suelto un bufido antes de apretar los labios.

—Pedí la cita *antes* de descubrir tus… actividades nocturnas en mi apartamento.

—Tiene sentido —dice, inclinando la cabeza en señal de asentimiento—, pero el hecho de que *aun así* vayas a la cita me dice lo que quiero saber.

—Voy a arrepentirme de preguntar esto, pero ¿qué es lo que tienes en esa mente retorcida? ¿Que no quiero que un psicópata me haga un bombo?

—Que quieres perdonarme.

El pulso me martillea con fuerza en los oídos hasta ahogar todo lo demás. Miro fijamente a Hayden, esperando sentir rabia o negación, pero no ocurre nada. Nada excepto un pinchazo de impotencia.

Y una ligera sospecha de que podría tener razón…

—Te estás pasando —digo. Agarro la ropa con más fuerza para esconder el temblor de mis dedos y arrugo las prendas—. Y no es tan sencillo.

Aprieta la mandíbula.

—Tal vez no, pero la predisposición está ahí.

—Vete al infierno.

Él se ríe para sí mismo, con un sonido hueco y desolado.

—¿Que me vaya al infierno? Sin ti, ya estoy en él.

Después de esperar varios minutos a que a Hayden irrumpiera en el cuarto de baño, por fin me relajo cuando no aparece. Sigo mi rutina de cada mañana metódicamente, pero no porque me preocupe mi aspecto. Lo hago para centrarme en las tareas y no en mis emociones contradictorias.

Una vez estoy duchada y vestida, peinada y maquillada, estudio mi reflejo. La mujer que me devuelve la mirada se muestra calmada y entera, pero tiene ojeras. Ninguna cantidad de corrector puede ocultar eso.

Al igual que ninguna cantidad de negación puede borrar el placer que he experimentado entre los brazos de Hayden esta mañana.

Dejando eso a un lado, agarro el bolso y camino hasta la cocina. Allí está Hayden, recién duchado y completamente vestido. Su mirada encuentra la mía en el mismo instante en el que aparezco; no vacila ni cuando lo fulmino con la mirada con sospecha.

Me señala con la barbilla el vaso con tapadera de la encimera.

—Llévatelo.

—Gracias.

—¿Qué tipo de anticonceptivo vas a solicitar?

Desvío la mirada, cohibida ante la pregunta.

—¿Acaso importa?

—¿Cuántas veces voy a tener que repetírtelo? Todo lo tuyo me importa.

—Estoy pensando en ponerme la inyección. —Cuando se mantiene callado, lo busco con la mirada—. ¿Cuento con su aprobación, señor Bennett?

Él arquea una ceja.

—Nada que no sea que esté embarazada cuenta con mi aprobación, señorita Green.

—No lo dices en serio.

—¿Eso crees?

En su rostro no encuentro nada salvo una completa resolución.

—Hayden…

—No tienes que decir nada.

—No hay nada que decir.

Se apoya en el mostrador de granito y se echa hacia atrás.

—Es posible, pero eso no significa que no lo haya pensado.

Lo miro fijamente como si lo viera por primera vez.

—No tenía ni idea de que querías ser padre.

—No quería hasta que te conocí.

Empiezo a ruborizarme mientras me acomodo un mechón de pelo detrás de la oreja, mientras ignoro el aleteo de mi corazón.

—Ah.

—¿Cómo se llama tu doctora?

—Voy a la clínica en la Cuarta con Stanton.

Abre los ojos como platos.

—¿La destinada a pacientes de bajos recursos?

—Sí. —Pongo los brazos en jarra—. No podía permitirme un seguro médico cuando pedí la cita, pero eso va a cambiar cuando se abra de nuevo el periodo de inscripción.

Él sacude la cabeza con vehemencia.

—Vas a ir a un médico que yo mismo elija, no a una clínica de mala muerte en los suburbios de la ciudad.

Abro la boca para protestar, pero después de una llamada, Hayden me concierta una cita a la misma hora que la anterior.

—La doctora Sheridan tiene muy buenas recomendaciones —dice—. Estará encantada de atenderte como nueva paciente esta mañana.

Levanto las manos en señal de derrota y asiento. Nunca se lo admitiré a Hayden, pero me alivia evitar los barrios más difíciles de la ciudad.

—De acuerdo, pero tengo que salir ya o llegaré tarde.

Hayden asiente lentamente con los rasgos cubiertos de reticencia.

—Sebastian te acompañará.

—Eso creía. Además, me he acostumbrado a que sea mi sombra —me encojo de hombros—. Mientras que no entre en el consultorio, no me importa.

—Si Sebastian entrara en el consultorio, después él y yo tendríamos una conversación *privada*.

«No me cabe duda».

—No quiero saberlo —musito.

Hayden se aleja de la encimera y camina hacia mí. Me mantengo firme bloqueando las rodillas en lugar de dar un paso atrás, como me pide mi instinto. Se para justo frente a mí, lo suficientemente cerca como para que mis pechos presionen contra su torso y el calor de su cuerpo caliente el mío.

Su mirada busca la mía, una plegaria silenciosa en lo más profundo, antes de agacharse y besarme la frente. Saboreo este breve momento de ternura y cierro los ojos.

—Ve con cuidado —murmura, su voz suena tranquila, pero tensa por el deseo.

Abro los ojos y lo encuentro observándome de cerca.

—¿Cómo acabé en tu cama anoche?

Hayden tensa la boca. Se queda callado por un momento, como si estuviera eligiendo con cuidado sus palabras. O porque está indeciso.

—Te necesitaba.

Su confesión me desarma y arroja mis emociones al caos. Me quedo ahí de pie, tratando de conciliar esta vulnerabilidad con el hombre dominante que conozco.

—Hayden, yo...

Desvía la mirada había mis labios con un anhelo silencioso.

—Si no te marchas ahora mismo, voy a besarte como he querido hacer desde que has entrado aquí. Y no voy a parar hasta terminar lo que empecé esta mañana.

Eleva su mirada hasta la mía y me ofrece una visión sin obstáculos del deseo que lleva dentro. La atracción entre nosotros es innegable, una tensión que se palpa en el ambiente. Pero no puedo volver a entregarme a él. No con la hora de la cita aproximándose y mi orgullo todavía herido.

—Te veo luego —digo en voz baja.

Hayden simplemente inclina la cabeza, ahora con una expresión desolada. Le dirijo un último vistazo y camino hacia la puerta, y siento que me está mirando durante todo el trayecto. Solo cuando estoy en el pasillo, me libro de su presencia. Me despejo la mente y centro mis pensamientos en el motivo de la cita.

Supe desde el principio que tenía que ser responsable y tomar algún método anticonceptivo. Hayden y yo hemos sido imprudentes en nuestros encuentros pasionales hasta ahora. O, al menos, yo lo he sido. Él ha tenido el buen juicio de dar marcha atrás antes de correrse dentro de mí. Yo era la que no estaba pensando en las consecuencias, pero ahora sí.

Si Hayden quería poseerme antes de que tuviéramos sexo, ¿cómo se comportaría si me quedase embaraza de un hijo suyo?

No puedo ni empezar a imaginarlo. Un embarazo no deseado podría arruinar por completo mi, ya de por sí, rota relación con Hayden, no importa lo que él piense. Como está decidido a quedarse y no puedo deshacerme de él, voy a concentrarme en cuidarme haciéndome una prueba de embarazo y utilizando algún método anticonceptivo.

Camino hacia Sebastian en cuanto lo localizo en el vestíbulo. Asiente cuando nuestras miradas se cruzan. Levanto la barbilla, negándome a sentirme intimidada, aunque este hombre podría romperme el cuello como una ramita.

—Buenos días, Sebastian.

—Buenos días, señora Bennett.

Abro la boca de golpe. Me toma un rato retomar la compostura y, cuando lo hago, cierro la mandíbula chasqueando los dientes.

—Disculpa, ¿qué has dicho?

—¿Hay algún problema?

—Sí. Mi nombre es *señorita Green.*

Él encoge sus enormes hombros.

—Tengo órdenes del señor Bennett de llamarla de ese modo.

—Pero…

—Lo siento, pero va a tener que hablarlo con él.

Le miro con los ojos entrecerrados.

—Ten por seguro que lo haré.

6

CALISTA

—¡Aquí está!

La sonrisa de Harper es tan acogedora como su voz. E igual de odiosa.

—Hola. —Una sonrisa se abre paso en mi boca a pesar de que las últimas veinticuatro horas me han arrebatado mi recién descubierta felicidad—. ¿Cómo vas?

—Me gusta trabajar con Alex, pero él no es mi mejor amiga. Me alegro de poder verte antes de acabar el turno.

—Yo también.

Harper echa un vistazo por encima de mi hombro y su expresión se cubre de intriga.

—¿Quién es el musculitos?

Suspiro.

—Mi guardaespaldas, cortesía de Hayden.

—Madre mía, ese hombre está loco. —Me guiña un ojo—. Quiero decir loco por ti, claro.

—Desde luego que es un psicópata.

Guardo el bolso y agarro mi mandil. La pelirroja me sigue más de cerca de lo que nunca se atrevería Sebastian.

—Te veo la cara. Necesito saberlo todo —dice Harper, con la voz temblorosa de la emoción—. ¿Te ha azotado? ¿Atado? Ya sabes que soy una experta en *shibari*. Si quisieras escapar, podría ayudarte. Aunque, ¿por qué querrías? ¿Me equivoco?

Menea las cejas y yo pongo los ojos en blanco.

—No es nada de eso —respondo. Aunque desearía que así fuera.

—Entonces, ¿qué es? —Harper me examina en silencio antes de clavarme la mirada—. ¿Dónde estabas esta mañana?

—He estado en el médico.

Sus ojos verdes se nublan de preocupación.

—¿Estás enferma?

—No. —Echo un vistazo en busca de Alex y bajo la voz—. He empezado con los anticonceptivos.

—Una jugada inteligente. No querrás tener pequeñas Calistas baristas correteando por ahí. Eso dejaría tu vida sexual más en segundo plano que una picha extra en una peli porno.

—Estoy de acuerdo.

Camino hacia el mostrador y abro la caja registradora. Cada billete está mirando para un lado distinto, como ya me temía. Recoloco el dinero, agradecida por tener algo con lo que mantener la cabeza ocupada, hasta que entra un cliente.

Harper me da un golpecito con la cadera y se apoya contra el mostrador cruzada de brazos.

—¿Qué ocurre?

—¿Mentirías a alguien con tal de mantenerlo a salvo?

Harper resopla con burla.

—Obvio.

Levanto la cabeza para mirarla.

—¿Y qué hay de romper la confianza?

—¿Cómo de importante es el asunto? ¿Es una situación a vida o muerte?

Cuando asiento con reticencia, ella se encoge de hombros.

—La confianza no importa si estás muerta. A mí personalmente no me pillarían mintiendo, eso para empezar. Pero *si* lo hicieran, asumiría las consecuencias. Es difícil enfadarse con alguien que solo quiere lo mejor para ti.

—Increíble.

Cierro la caja registradora y echo mano al desinfectante, y lo aporreo como si estuviera jugando a los topos. O como si fuera la cara de Hayden. Me extiendo el líquido por las dos manos mientras Harper me observa todo el rato.

—Tu silencio me asusta —murmuro—. Di algo o te echo encima a Sebastian.

Ella echa un vistazo al guardaespaldas sentado en el lugar más alejado de la cafetería y le lanza un beso antes de girarse para mirarme.

—No me amenaces con pasar un buen rato. Lleva unos tatuajes que son sexis que te cagas.

—¿Ves el que tiene en el cuello? —susurro—. Creo que significa que pertenece a la *Bratva*, la mafia rusa.

Ahora es Harper la que se frota las manos como si se hubiera echado desinfectante.

—Tráeme a ese grandullón. Voy a pulirle la cabeza calva esa que tiene hasta sacarle brillo. Y a la que tiene encima de los hombros, también.

Suelto un quejido.

—Por favor, para.

—Pararé cuando me cuentes qué te pasa. —Se da un golpe en el pecho con el pulgar—. Soy tu mejor amiga, ¿recuerdas?

—Lo sé, pero no puedo contártelo. Al menos no hasta que lo haya procesado todo, ¿vale?

Ella suspira.

—Está bien. Ya me has dicho suficiente con tu pregunta *hipotética*. Haré lo posible por esperar el resto de detalles.

—Gracias.

—Escucha —me dice agarrándome los hombros—, tu novio es… inusual, lo que significa que sus métodos también lo serán. Es un hombre de extremos. Frío o caliente, vida o muerte, amor u odio.

Si me dijeras que se ha relajado ahora que estáis juntos, te diría que estás mintiendo. Ese hombre no sabe ser normal. Va a entregarlo todo. Simplemente tienes que decidir si puedes soportarlo.

Me escuecen los ojos y parpadeo rápidamente para evitar las lágrimas.

—¿Y qué pasa si no puedo?

—Esa decisión tienes que tomarla tú. Pero ese no es el único problema. —Cuando presiono los labios, Harper me aprieta los hombros a modo de consuelo—. Si te da todo, va a querer que le devuelvas todo a cambio. Y me refiero a *todo*.

—Lo sé.

Me suelta para atender a un cliente mientras yo me quedo ahí, aturdida. ¿Qué pasa si no me asusta estar en la vida de Hayden, pero me aterra la idea de que él invada cada parte de la mía? No tengo nada que esconder. Sin embargo, eso no significa que quiera renunciar a mi control por completo para estar con él.

Eso es lo que quiere.

Puede que sea lo que siempre ha querido.

La puerta del Sugar Cube se abre, desvío la mirada y me encuentro con un repartidor entrando a grandes zancadas. El chico rubio me saluda con la cabeza pero cuando ve a Harper, sonríe enseñando los dientes.

—Tengo un paquete para Calista Green —dice.

Veo que Sebastian se remueve en su asiento al oír el comentario y le hago un gesto con la cabeza.

—Uuh, un paquete. —Harper se acerca despacio a mí con un expreso en la mano. Se lo ofrece al repartidor haciendo un puchero juguetón—. No es grande. Qué decepción.

Él deja la caja en el mostrador y se inclina hacia delante para coger el café.

—Este no es el único paquete que puedo darte.

—¿Por qué no has empezado por ahí, guapo?

Deslizo hacia mí la caja marrón, interrumpiéndolos antes de que Sebastian decida acercarse.

—¿Me prestas un boli?

—Esa debería haber sido mi frase —musita Harper.

—Firme aquí, por favor —dice el repartidor, y me pasa una tablet.

Tomo el dispositivo y garabateo mi nombre.

—Gracias.

—Que tengas un buen día, guapo —lo despide Harper con la mano—. Espero que la próxima vez traigas un paquete para mí.

El hombre le guiña un ojo y las mejillas de Harper se tiñen del mismo rojo que su pelo.

—Así será, preciosa.

Bajo la mirada a la caja que no es más grande de quince centímetros. Solo tiene mi nombre impreso en la parte delantera, sin remitente, y no pesa casi nada.

—¿Qué te ha comprado el señor *Altomisteriosoyconpollón* Bennett? —me pregunta Harper cuando nos quedamos solas. Me arrebata la caja de las manos—. ¿Es un regalo o una disculpa?

—Lo dudo. Hayden ni siquiera cree que haya hecho algo malo.

—Eso no significa que no te vaya a gustar lo que hay dentro. ¿Te importa si lo abro?

Le hago un gesto con la mano.

—Está bien. Dudo que haya nada que me haga cambiar de opinión.

Harper rasga el papel, arrancándolo como si fuera un *T. rex*, sus brazos se mueven como una ráfaga. Retira el papel de seda rosa de dentro con los labios formando una «O».

—Qué sexis —dice, sosteniendo en alto unas braguitas negras—. ¿Por qué no vienen con un sujetador a juego? Vaya decepción. Yo creía que los abogados sabían hacer una buena presentación.

Me quedo mirando fijamente las braguitas —*mis* braguitas—, las que perdí la noche que me agredieron en el centro de acogida.

La imagen de la cafetería se desvanece y toda mi atención se centra en el trozo de encaje que tiene Harper entre los dedos. Mis pensamientos se mueven en espiral, uno sigue al siguiente, en una veloz sucesión hasta que me palpitan las sienes y me cuesta respirar.

¿Quién me ha enviado esto?

Debe haber sido la persona que me las quitó.

—Mira —dice Harper, escucho su voz difusa—. Hay una nota dentro. Dice «Es edre etsas tinta doll». ¿Eh? Qué raro. Por no mencionar que es la cosa menos sexy que he oído nunca. No me puedo creer que...

Su voz se pierde entre los pálpitos de mi cabeza. ¿Es mi corazón tratando de latir? ¿O se ha parado por el terror que me recorre por dentro, invadiendo cada centímetro de mi piel y cada gota de mi sangre?

—Calista, ¿te encuentras bien?

La cara de Harper aparece en mi campo de visión, pero me quedo mirando fijamente al frente hasta que su cara se desenfoca. Entonces, se me cierran los párpados, la oscuridad toma el control y no veo nada.

Incluso en los rincones más profundos de mi mente, el terror me persigue.

7

CALISTA

Un grito me perfora el cráneo como un picahielo.

Entonces la voz de Harper penetra en mi consciencia, al igual que el dolor que me recorre el hombro.

—¡Dios mío, Calista!

—No la toques —el profundo estruendo de la orden de Sebastian me hace abrir los ojos. El guardaespaldas está agachado junto a mí, mientras mantiene un brazo en alto para bloquear a Harper—. Si la señora Bennett ha sufrido un traumatismo craneoencefálico, no podemos moverla.

—La señora *¿qué?* —Mi amiga sacude la cabeza—. Da igual. ¿Qué hacemos ahora?

—La ambulancia está de camino. Saca a los clientes de aquí y no dejes que entre nadie hasta que nos hayamos ido. Debemos manejar esta situación con discreción.

Tanto Harper como Alex corren para seguir sus órdenes mientras yo parpadeo contra las luces del techo y trato de encontrarle sentido a todo. Mi cerebro no me ofrece explicación alguna. La única cosa en la que me puedo concentrar es en el doloroso palpitar de mi hombro.

—¿Qué demonios ha pasado? —pregunta Alex, que se acerca hasta colocarse detrás del guardaespaldas.

Harper se sitúa al otro lado de Sebastian con la cara empapada por las lágrimas.

—Calista se ha desmayado y se ha dado un golpe contra la vitrina.

Hago una mueca, confundida, buscando en mi mente una vez más cualquier recuerdo de lo que acaba de ocurrir. Todo está en blanco excepto por la imagen de la ropa interior de encaje. Una oleada de pánico me golpea y lucho por levantarme, mi cuerpo me pide que huya en desbandada.

—La caja… la nota…

Sebastian me coloca una mano en el pecho, su contacto es suave pero firme.

—No se mueva. No creo que tenga una conmoción cerebral, pero eso debe determinarlo un médico. Hasta entonces, manténganse quieta. —Una sonrisa burlona le tuerce los finos labios—. Conociendo al señor Bennett, llegará antes de que lo haga la ambulancia.

Harper se endereza con una expresión sombría.

—No puedo quedarme aquí de brazos cruzados mientras esperamos. Voy a barrer los cristales.

Cuando trato de girar la cabeza, Sebastian me levanta la mano del pecho y la posa en un lado de mi cara.

—Si se mueve, se va a cortar. Está rodeada de cristales rotos. No se preocupe. Todo va a estar bien, señora Bennett.

—Calista —murmuro.

Aprieta los labios antes de asentir.

—Necesito que mantenga la calma, Calista.

—De acuerdo.

La cafetería, antes un lugar de productividad, se ha transformado en un caos. No más que mi cabeza. Empiezo a asimilar la realidad de lo que ha pasado: me ha afectado de tal forma que he perdido el control sobre mi cuerpo y he acabado tumbada sobre las frías baldosas, rodeada de gente preocupada por mí.

Harper apoya la escoba contra la encimera con el sudor salpicándole la frente.

—He limpiado todo lo que he podido sin barrer también a Calista. —Me sonríe, pero le tiemblan los labios. Cuando intento devolverle la sonrisa, se enjuga los ojos.

Me sobresalto con el sonido de alguien golpeando la puerta. Sebastian frunce el ceño mientras Harper se apresura a salir de detrás del mostrador para dejar entrar a Hayden. Le observo a través de la vitrina cuando irrumpe por la puerta, sus ojos se abren de par en par al ver la catástrofe.

—¡¿Calista?!

El corazón me da un vuelco en el pecho al escuchar el sonido de su voz. Suena frenético y desquiciado. Trato de pronunciar su nombre, pero no me sale la voz.

Con solo unas cuantas zancadas, rodea el mostrador con una expresión indescifrable. En contraste, lleva el pelo despeinado y el traje muy arrugado. ¿Ha venido corriendo?

—¿Qué cojones ha pasado? —pregunta.

Se escucha una sirena en la distancia, el sonido se vuelve más fuerte con cada segundo, pero lo único que soy capaz de oír es el enfado de Hayden. ¿Está enfadado porque lo he interrumpido en el trabajo? Teniendo en cuenta las ganas que tiene de poseerme, podría estar furioso por haber roto su juguete favorito.

Yo.

Sebastian levanta la cabeza para mirar a Hayden, con expresión calmada.

—Señor Bennett, ha sufrido un ataque de pánico y se ha desmayado. Por lo que puedo ver, no tiene ninguna contusión.

—¿Y la sangre? —pregunta Hayden.

—Debe haberse cortado con el cristal. No la he movido para comprobar el alcance de la herida. Diría que es superficial. —Cuando Hayden se acerca, Sebastian levanta una mano—. Señor Bennett, por favor, manténgase alejado. La ambulancia está a punto de llegar.

Todo el cuerpo de Hayden se tensa.

—Recuerda para quién trabajas.

—Por eso la estoy protegiendo.

Me estremezco al ver la mirada que le lanza Hayden. Sebastian se limita a esperar, manteniéndose en su sitio hasta que llegan los paramédicos. Cuando lo hacen, Harper, Alex y Sebastian se echan a un lado, concentrados en mí. Hayden no se mueve. Se limita a mirar fijamente a los profesionales de la salud como si les retara a cuestionar su presencia.

Los paramédicos empiezan a estudiar mi estado, bombardeándome con preguntas que me cuesta responder por la confusión del dolor y el shock. Hayden se mantiene a mi lado. Me sentiría más segura si no diera la impresión de estar a punto de estallar.

Aprieto los dientes cuando me hacen rodar sobre un lado y el dolor se me dispara a lo largo del hombro. Esta nueva postura me permite ver el charco de sangre que se ha formado en mi espalda mientras estaba tumbada en el suelo. Siento náuseas, el estómago se me revuelve y lucho contra las ganas de vomitar.

Por segunda vez en lo que va de día, hay un fundido negro.

Unos pitidos constantes irrumpen en mi conciencia y me despiertan.

Aprieto los dientes con irritación, dispuesta a apagar el despertador de un porrazo, pero la voz de Hayden hace que me quede quieta.

—Josephine, libera mi agenda para el resto del día. —Hace una pausa y luego continúa—: Sí, Calista está bien, pero no voy a dejarla sola bajo ningún concepto, salvo por el juicio de mañana.

Lo miro por debajo de las pestañas, intentando que no se dé cuenta de que estoy escuchándole a escondidas. Este hombre es brutalmente honesto —más de lo que me gustaría a veces—, pero no siempre me dice las cosas que me muero por escuchar. Ahora mismo, soy consciente de lo mucho que se preocupa por mí.

Teniendo en cuenta que no me ha mostrado ni un ápice de afecto desde que entró en el Sugar Cube, es un cambio agradable.

—Estaré en la oficina mañana para preparar el caso de Monroe —dice—. Cuando termine, empezaré con mi permiso de emergencia. Asegúrate de que el papeleo esté en el escritorio de Peter hoy mismo.

Con la cabeza todavía aturdida y los miembros pesados, no me resulta difícil mantener una expresión relajada, pero si no fuera por eso, me delataría mi curiosidad. ¿Un permiso de emergencia? Mis heridas no son tan graves como para eso. ¿Qué le pasa a Hayden? ¿Es que alguien importante está en problemas? Nunca ha mencionado a ningún hermano, pero eso no quiere decir que no los tenga.

Hay demasiadas cosas de este hombre que no conozco. Aunque conocer el pasado de alguien no es un requisito indispensable para que te importe, ayuda a decidir si quieres que forme parte de tu futuro. Aún no he decidido qué voy a hacer con Hayden, pero sé con certeza que él ha decidido quedarse conmigo.

Inhalo lentamente para mantener la calma y el olor estéril del hospital me hace cosquillas en la nariz. La única fuente de luz en la habitación privada son los pocos rayos de sol que se asoman a través de las gruesas cortinas y las luces de neón de la máquina que está junto a mi cama. Luego está la presencia de Hayden, que se alza imponente como un fantasma dispuesto a poseerme.

Termina la llamada con su secretaria y llama a otro número. El teléfono da tono dos veces antes de que contesten. No puedo oír lo que dice, pero la voz del hombre suena joven, ligera y desenfadada.

—Zack, necesito que me busques algo inmediatamente. —El tono de Hayden es oscuro y cargado de urgencia, todo lo contrario al de Zack—. Calista ha recibido un paquete hoy en el trabajo y la ha hecho entrar en pánico. Quiero saber quién lo ha enviado y por qué. Tenía un mensaje críptico dentro, junto con la ropa interior. Voy a enviártelo todo. Llegará en menos de una hora.

Hayden se pasa las manos por el pelo, ya de por sí despeinado.

—Todavía no le he preguntado, pero cuando lo haga, te llamo. Está descansado, así que tendrá que esperar. —Desvía la mirada hacia mí, dejándome ver con claridad el torbellino de emociones en su interior—. Por ahora, comprueba las grabaciones de las cámaras de seguridad del Sugar Cube, localiza al repartidor e indaga en cualquier cosa que pueda darnos una pista sobre quién está detrás de esto. Revisa toda la información que tenemos sobre su padre y comprueba si hay algo relevante. No me importa lo que tengas entre manos. Haz de esto tu única prioridad.

Veo cómo Hayden se guarda el teléfono en el bolsillo antes de cerrar los ojos, con la mandíbula apretada y las manos cerradas en puños. Por mucho que quiera llamarlo, no puedo. El simple hecho de escuchar sobre el paquete hace que el cuerpo se me tense del pánico.

La máquina emite un fuerte pitido que delata el aumento de mi ritmo cardíaco y llama la atención de Hayden. Me recorre con la mirada mientras se acerca a un lado de la cama. Dejo de fingir que estoy dormida y abro los ojos del todo. Me inclino hacia delante para incorporarme, pero él me lo impide con una mano en mi antebrazo.

—Con cuidado, Callie. No te muevas todavía. —Cuando retira su brazo, me muerdo el interior de la mejilla para evitar agarrarme a él. Ese contacto, aunque breve, ha sido suficiente para calmar mi corazón acelerado—. ¿Cómo te encuentras? —pregunta.

Le miro y noto un dolor sordo en la espalda y el vendaje que llevo en el hombro. Por suerte, la máquina ha dejado de sonar.

—Bien —digo, con la voz rasposa después de tanto tiempo en silencio. Me aclaro la garganta y vuelvo a intentarlo—: Estoy bien.

—¿Te duele algo?

—No mucho. Aunque estoy bastante grogui.

—Es por la medicación. Te han tenido que dar algunos puntos, pero no tienes lesiones graves en la cabeza.

Asiento, sin saber qué decir o cómo actuar con él. Anoche, descubrí que Hayden era mi acosador, y me dejó rota. Hoy, recibo un paquete que me ha provocado un ataque de pánico que me ha mandado al hospital. Este último acontecimiento no ha disminuido la culpa de Hayden, pero no puedo negar que ahora se queda en nada en comparación. Sobre todo porque está haciendo todo lo posible para averiguar por qué ha ocurrido esto.

Una parte de mí quiere agradecerle que tome la iniciativa, mientras que la otra se hace pequeña ante la idea de hablar con él de esto. No quiero volver a revivir la noche de mi ataque, pero su mirada me dice que Hayden no va a dejarlo correr. Aunque no me pregunte sobre la ropa interior ahora mismo, lo hará en algún momento.

—Son mías.

8

CALISTA

El susurro de mi confesión retumba en el silencio. Inclino la cabeza mientras la humillación se cierne sobre mí y me asfixia.

—La braguitas de la caja son mías.

Hayden se sienta en la cama a mi lado, el aroma de su colonia flota bajo mi nariz. Quiero aspirarlo, pero no lo hago. Toma mi mano entre las suyas y vuelve a centrar mis pensamientos pasándome suavemente el pulgar por la piel con una caricia tranquilizadora.

—No has hecho nada malo, así que, ¿por qué parece que te sientes culpable? —pregunta.

—No es eso. Me da vergüenza.

—¿Por qué?

Entrecierro los ojos y tiro de la mano para quitársela de encima, pero él aprieta con más fuerza hasta que me rindo.

—Las llevaba puestas el 24 de junio y cuando me desperté drogada, ya no las tenía. No las he vuelto a ver desde esa noche. ¿Lo entiendes ahora?

—Sí.

La furia que se enreda en su respuesta hace que retuerza los dedos.

—No me hagas volver a hablar de ello.

—¿Y la nota?

—No tengo ni idea de quién la ha enviado ni de qué significa.

—Cierro los ojos, incapaz de mirarle cuando digo—: Estoy muy cansada. Por favor, déjame sola.

Él respira hondo como si intentara mantener el control de su temperamento.

—No voy a dejarte. Ni ahora, ni nunca. Cuando te dije que eras mía, lo decía en serio. Voy a protegerte, cuidarte y vengarte, porque eres mía. No voy a pedirte permiso, pero las cosas serían más fáciles si dejaras de oponerte.

Miro a Hayden, estudiándolo a fondo. Este hombre está decidido a formar parte de mi vida, aunque sea por fuerza de voluntad. *Mi* voluntad.

Debería enfadarme que se niegue a irse, pero la verdad es que le necesito. Su presencia me abruma y me tranquiliza a partes iguales.

—Claramente estás enfadada, y no solo conmigo —dice—. Lo que te ha pasado hoy ha sido una mierda absoluta, y entiendo que estés asustada, pero te prometo que haré todo lo que esté en mi poder para resolver esto. Puede que no confíes en mí, pero sí en eso.

—Lo hago.

—Bien.

Cuando llaman a la puerta, Hayden se endereza y los dos giramos la cabeza. Harper aparece, con paso decidido y rostro abatido.

—Ay, Calista —llora.

Mi amiga está a mi lado en un abrir y cerrar de ojos. Luego se gira hacia Hayden con los brazos en jarra y lo fulmina con la mirada.

—Lárgate. Me toca a mí estar con ella.

Abro los ojos de par en par cuando él simplemente inclina la cabeza en señal de aceptación antes de levantarse de la cama. Harper no tarda en ocupar su lugar y me coge las manos y las aprieta suavemente.

—Estaré fuera —dice.

En cuanto se va, Harper moquea y vuelvo a centrar mi atención en ella.

—¿Te encuentras bien?

—Aparte de estar un poco dolorida, estoy bien.

—Ay, madre mía. Estaba preocupadísima. Todos esos cristales y la sangre… —Traga saliva—. Vaya día de mierda. No puedo decir otra cosa.

Asiento.

—Ha mejorado ahora que estás aquí. Gracias por venir.

—No las des —dice con un soplido—. Somos mejores amigas. Y como sustento ese título honorario, ¿quieres explicarme lo que ha pasado? Sé que no ha sido porque te haya dado un bajón de azúcar ni por ningún otro problema médico.

—Si te lo cuento, ¿me prometes que lo mantendrás en secreto?

Harper me acerca la mano y me coloca un mechón rizado detrás de la oreja.

—Iría contigo al fin del mundo, eres mi *bestie*, mi real para siempre. Nunca voy a traicionarte.

—¿Ni siquiera si es para protegerme?

—¿Se puede llamar traición si es por tu bien?

Lanzo un gruñido y me dejo caer en la almohada.

—¿Por qué tienes que ser tan…?

—¿Sexy? ¿Brillante? ¿Talentosa? Podría estar así todo el día.

—Molesta —le digo con una sonrisa.

—No te enfades solo porque esté de parte de Hayden en cualquiera que sea la pelea que estáis teniendo. No creas que no me he dado cuenta. Estás más de bajón que Ígor, el de *Winnie the Pooh*, pero tu problema con él no es lo que te ha mandado a esta cama de hospital.

Dejo escapar un suspiro.

—Lo sé.

—¿Ya confías en mí lo suficiente como para contármelo?

—Sí. No me interrumpas o puede que no sea capaz de sacarlo todo.

—Quiero ayudarte, da igual si eso implica quedarme aquí sentada y callada.

Tuerzo el gesto.

—¿Es eso posible?

—Estamos a punto de comprobarlo.

Antes de cambiar de opinión, le cuento a Harper todo sobre la noche de mi agresión, la reacción de Hayden y su misión de descubrirlo todo y acabar con ello. No le cuento que es mi acosador, pero sí le revelo algunos detalles de cómo se comportó en el T&A, así como las veces que me perseguía por la noche al entrar y salir de mi apartamento. Conociendo a Harper, encajará las piezas ella sola, pero si no lo hace, tampoco me importa.

Mi amiga se queda sentada sin moverse ni hablar, pero sus ojos se llenan de lágrimas y me sujeta la mano más fuerte con cada detalle que le cuento. Cuando acabo, casi desearía que volviera a ser ella misma en lugar de estar atónita.

—Ahora ya lo sabes —le digo.

—Ahora ya lo sé.

—¿No vas a decir nada?

Harper cierra los ojos de golpe y se le escapa una lágrima.

—Puedes ser Ígor si quieres.

Se me contrae el pecho.

—Solo si tú eres mi Tigger. No podemos estar tristes las dos.

—Tienes razón. —Se enjuga la cara y cuadra los hombros—. Hayden es un Christopher Robin demente y tú volverás a ser Piglet en poco tiempo.

—Te has pasado.

—Venga, vale. Tú puedes ser Cangu. Es dulce y maternal. —Me clava la mirada—. Mira, puedes negarlo todo lo que quieras, pero a fin de cuentas, ese hombre actúa como si su mundo girase a tu alrededor. ¿Es un poco tóxico? Sí. Pero si creyera por un segundo que te haría daño, lo mataría.

—Vosotros dos sois muy… violentos.

—Hay cosas, o personas, que merecen ese esfuerzo.

Con el sonido de la puerta al abrirse, ambas centramos nuestra atención en la enfermera que entra.

—Hola, señorita Green —dice.

—Gracias por confiar en mí. —Harper da un salto de la cama y se inclina para darme un beso en la mejilla—. Que no se te salte ningún punto esta noche.

—¿Eh? —Echo un vistazo de reojo a la enfermera para luego mirar boquiabierta a mi amiga—. ¿De qué estás hablando?

Ella me guiña un ojo.

—¡Chaíto!

9

HAYDEN

Empiezo a respirar más tranquilo una vez que tengo a Calista tras las puertas de mi ático.

Aunque no tengo claro que el dolor de mi pecho vaya a disminuir después de haberla visto tumbada e inmóvil sobre un charco de su propia sangre. Creía que mi peor pesadilla hecha realidad había sido encontrar el cuerpo sin vida de mi madre, pero eso se queda pequeño en comparación con haber encontrado así a Calista.

Tengo la imagen grabada en la mente como una cicatriz, fea y permanente. No puedo contener el escalofrío que me recorre. Esta demostración de debilidad me pone de los nervios, pero es una respuesta física a mi necesidad de ella.

Calista frunce el ceño.

—¿Te ocurre algo?

Sabiendo que alguien la amenaza, estoy muy lejos de estar bien. Estoy cerca de perder la puta cabeza.

La miro a los ojos, fingiendo estar en calma para que no sea consciente de los pensamientos que me atormentan.

—Estoy bien. ¿Has comido suficiente?

Asiente hacia el plato que tiene delante, todavía medio lleno.

—Sí, gracias por la cena.

—De nada.

El silencio se apodera de la habitación mientras la tensión entre nosotros aumenta, el anhelo vibrando en mi piel como la cuerda de un violín al ser pulsada. Tamborileo en la mesa con los dedos para librarme de la necesidad de tocarla. Es inútil.

—Sé que has dormido en el hospital, pero se está haciendo tarde —le digo—. ¿Quieres irte a la cama ya?

—Sí. —A pesar de su expresión vacía, su voz arrastra un cansancio que no hace sino avivar mis ganas de abrazarla—. Creo que necesito tumbarme —dice—, aunque no vaya a dormirme ya.

—¿Necesitas tomarte los analgésicos de nuevo?

Ella niega con la cabeza.

—No me duele el hombro.

Me levanto de mi asiento y desvío la mirada del plato sin acabar hasta sus ojeras. A pesar de la experiencia traumática y el visible agotamiento, Calista se sienta erguida y con la barbilla alta. Me hincho de admiración ante su fortaleza.

Cuando me giro para ayudarla, su aroma me invade los sentidos y me trae recuerdos de esta mañana, cuando el olor de su coño me cubría los dedos. Me mira y me estudia con esos ojos castaños. En esa leve pausa, detecto la vacilación que la asalta antes de poner su mano sobre la mía; el nerviosismo hierve a fuego lento bajo su piel.

Levanto a Calista e inmediatamente la suelto para evitar hacer algo de lo que pueda arrepentirme. En realidad, *yo* no me arrepentiría de besarla, pero a juzgar por su comportamiento, sé que no le sentaría nada bien.

Va a ser una noche larga de cojones.

Esta mujer no entiende el poder que tiene sobre mí. Una mirada, un roce, y ya me tendría a sus pies. Ser consciente de ello es desconcertante.

Calista se roza los muslos con las palmas de las manos y me quedo en silencio, dándole tiempo para recomponerse. Cuando finalmente me mira a los ojos, me ofrece una sonrisa débil que se tambalea en sus labios. Tuerzo los dedos por la necesidad de calmarla y los cierro en un puño contra mis costados.

Con un gesto seco de cabeza, señalo el pasillo.

—Te acompaño a tu habitación.

—Gracias.

Camina a mi lado mientras la guío posando una mano en la parte baja de su espalda. No es suficiente para saciar mi hambre. Cada paso es un baile, una oportunidad para que yo siga su ritmo.

O para que ella se someta al mío.

Cuando llegamos a la puerta de la habitación de invitados, ella se para y se vuelve hacia mí. Yo hago lo mismo, el peso de la indecisión se cierne sobre mis hombros. Debería darle espacio a Calista como me ha pedido, pero las ganas de estar cerca de ella, de asegurarme de que está a salvo, me duelen como algo físico.

—Buenas noches, Hayden.

Abro la boca para ordenarle que vaya a mi habitación justo cuando abre la puerta del cuarto de invitados y entra dentro. Ahora soy yo el que vacila. Si mi comportamiento no me desconcertara, hasta podría encontrar divertido cómo me resisto a conseguir lo que quiero.

Golpeo la madera con la palma de la mano para impedir que cierre la puerta. Calista parpadea, sorprendida, pero su expresión se convierte en una mueca cuando me acerco a ella.

—¿Qué pasa? —me pregunta con la voz teñida de sospecha.

—Después de lo que te ha ocurrido, dudo que sea capaz de dormir esta noche, pero ni de broma pienso estar solo en mi cama. No cuando la mujer que despierta mis deseos más profundos está aquí, bajo mi techo.

Ella baja la mirada, pero no sin antes darme cuenta de la chispa de indecisión que hay en sus ojos.

—Ha sido un día duro…

—¿Crees que no lo sé? Sentí que algo dentro de mí se rompía al verte ahí tirada y cubierta de sangre, joder. —Extiendo las manos hacia Calista, tomo su rostro entre ellas y la obligo a mirarme—. Creo que no eres consciente de cómo me ha afectado, la forma en la que *sigue* matándome.

Sus ojos se abren de par en par, una mezcla de sorpresa y vulnerabilidad asoma tras la máscara que ha intentado mantener conmigo. Ahora que lo he visto, no voy a perder la oportunidad. Si hay alguna posibilidad de que me quiera cerca, voy a perseguirla hasta que no pueda volver a rechazarme.

Por el bien de los dos.

Y por mi cordura.

En este instante, el tiempo se detiene, el mundo a nuestro alrededor deja de existir. Las palabras, tanto las que decimos como las que callamos, quedan suspendidas en el aire como una brisa ligera y fácil de ignorar. Respiro profundamente como si las recogiera antes de lanzárselas a Calista.

En forma de beso.

Le muestro mi adoración, mi lealtad y lo dispuesto que estoy a sacrificar todo por ella. Todo sin pronunciar ni una sola palabra. Es una confesión que va más allá del sonido, que sobrepasa los límites del habla.

Ella responde rápido al contacto y tiembla cuando le inclino la cabeza para profundizar el beso. El sabor de sus labios, la calidez de su piel bajo mis manos y la sensación de su cuerpo apretado contra el mío, todo colisiona dentro de mí. Encienden una llama de sentimientos que arde en lo más profundo.

Emociones de sombra y de luz.

Las ganas, el deseo sexual y la excitación están ahí, exigiendo que tome a Calista aquí y ahora para saciar mi necesidad de su cuerpo y de ella misma. Pero he vivido demasiado tiempo aferrado a estas emociones, a esta oscuridad que amenaza con engullirme por completo.

El temor, el aprecio y el cariño luchan contra mis otros instintos con su luz y su pureza, librando una guerra que podría acabar sanándonos... si no los destruyo primero.

El hambre que siento por Calista, el ansia por su cuerpo y su alma, se apodera de mí. La domino con los labios y la lengua mientras la mantengo prisionera de mi deseo. Ella gime suavemente y me apresuro a tragarme el sonido, la prueba de que no soy el único desesperado.

El beso se vuelve voraz. Deslizo los dedos desde su cara hasta enredarlos en su pelo y la sujeto contra mí hasta que los muros que ha levantado se derrumban a mis pies. Su respuesta es ligera, un cambio sutil en su cuerpo mientras se funde contra el mío, con mi erección entre sus muslos.

Calista no se da cuenta de que me está ofreciendo el mejor de los regalos cediendo ante mí.

Aparto los labios de los suyos. Ella me mira, con los labios hinchados y los ojos brillantes. Examino su rostro, buscando cualquier señal de arrepentimiento, o peor, de asco.

—Calista —digo con voz ronca. Su nombre es una pregunta, una plegaria y una exigencia, todo al mismo tiempo.

—Hayden.

En el simple intercambio de nuestros nombres y en la intensidad de los sentimientos que compartimos, percibo algo profundo. Y real.

Se pone de puntillas para rozarme los labios con los suyos con un susurro cargado de honestidad, una muestra de la pasión y aceptación que me entrega. Puede que no sea el perdón, pero es más de lo que esperaba para esta noche.

Deseo a Calista a un nivel que va más allá de la intimidad física. Algo a lo que me niego a dar nombre, pero sé que está ahí.

Y que lo necesito.

Nuestros alientos se mezclan en el espacio que hay entre los dos y mi pulso alcanza una cadencia inestable, un reflejo de lo importante que es este momento. La sinceridad en sus ojos refleja la mía, creando una sensación de unidad y conexión que nunca antes había sentido.

Presiono la frente contra la suya.

—Te necesito.

—Pues aquí me tienes.

—No voy a ser suave.

Me acaricia la mejilla con dedos temblorosos, su contacto me ancla a la realidad mientras deja al descubierto lo nerviosa que está.

—Lo sé.

10

HAYDEN

Deslizo las manos por sus costados, disfrutando del tacto de sus sensuales curvas y la agarro de las caderas. Cuando aprieto mi erección contra ella con un gruñido, me envuelve el cuello con los brazos. Otra muestra de sumisión que me hace sentir culpable.

Quiero hacerle tantas cosas…

—No quiero hacerte daño, Callie.

—Lo sé —repite, con más confianza que antes.

¿Está tratando de convencerme a mí o a ella misma?

No me importa. Al susurrar que entendía y aceptaba mis intenciones, todo mi autocontrol se esfumó.

Aplasto su boca con la mía y le dejo los labios doloridos en mi afán por volver a saborearla. A pesar de las dudas iniciales, me devuelve el beso con intensidad. Y una oleada de satisfacción me recorre por dentro. Hago que camine de espaldas para entrar en la habitación hasta que choca con las piernas en el borde de la cama. Se cae de espaldas arrastrándome con ella hasta que la suavidad de su cuerpo está cubierta por la dureza del mío.

El beso se vuelve frenético mientras recorro su cuerpo con las manos. Le agarro un pecho y atrapo el pezón entre los dedos, y jugueteo con él hasta que se retuerce bajo mi cuerpo.

—No te contengas —gruño contra su cuello.

—¿Qué?

Cuando le rozo la parte sensible del cuello con los dientes, le arranco un gemido.

—Me has dicho que te tenía, pero no veo que sea así.

—No sé lo que quieres.

La miro disfrutando de la vista de sus labios hinchados y la forma en que esos ojos castaños brillan de emoción. Tiene el pelo extendido sobre la cama, los mechones oscuros contrastan con la palidez de su piel. Quiero todo de ella porque esta mujer tiene cada parte de mí.

—Quiero tu corazón, Callie.

—Hayden, yo…

—No me lo digas. Demuéstramelo.

Me tira del cuello para acercarme a ella y besarme. Sigue siendo intenso, pero esta vez es diferente porque ahora es ella la que está al mando. Vierto mi necesidad y mi miedo en complacer su cuerpo, deseando que acepte todo lo que tengo que ofrecer. Incluso aquello que me resisto a compartir.

Calista se arquea contra mí, su recelo deja paso por fin a una pasión desenfrenada. Me deleito en el momento hasta que la ropa se convierte en un estorbo del que necesito deshacerme. Me siento sobre los talones y agarro el dobladillo de su camisa. Ella levanta los brazos en señal de obediencia y le quito la blusa y los pantalones.

Deslizo los dedos por su vientre, siguiendo la curva hasta llegar al ombligo. Es un espectáculo, una fantasía hecha realidad, pero imaginarla embarazada hace que se me seque la garganta. Lo deseo casi tanto como que me quiera.

Por suerte, fue a la doctora que le sugerí, la misma que coaccioné para que le inyectara suero en lugar del anticonceptivo real. Voy a dejarla embarazada. Si no es esta noche, será pronto…

Con solo el sujetador y las braguitas, Calista me observa mientras me quito la ropa. Va abriendo los ojos a medida que me recorre el cuerpo con la mirada. Me agarro la polla con la mano y me toco mientras sus jadeos me hacen sonreír.

—Dime que la quieres —le digo mientras sigo deslizando la mano arriba y abajo.

—La quiero.

—Prueba otra vez.

Ella se lame los labios.

—Quiero que me folles, Hayden.

—Primero esa boca y luego ese coño tan dulce.

Trepo por encima de ella hasta que le apoyo la punta en la barbilla. Con una mano, me sujeto mientras uso la otra para recorrer la comisura de sus labios con el pulgar. La caricia es suave, pero yo no voy a serlo.

—No sabes cuánto tiempo llevo deseando hacer esto. Abre para mí. —Cuando desencaja la mandíbula en señal de invitación, se la meto de un empujón con un fuerte gemido—. Qué buena chica, joder.

Abre los ojos con sorpresa antes de envolverme con los labios y empezar a chupar. Incapaz de mantenerme quieto, entro y salgo de su boca, yendo cada vez más y más hondo hasta que le golpeo el fondo de la garganta con la polla. Calista hace ruidos al atragantarse pero no deja de succionar con fuerza.

Aprieta los ojos cuando me muevo más rápido, el placer de follarle la boca va a matarme. Le agarro la mandíbula con delicadeza para abrírsela y sacar la polla antes de acabar corriéndome en su lengua. La última vez le hice un «collar de perlas», pero esta vez quiero hacerle un hijo.

Mi hijo.

Ella me mira con los labios aún húmedos por la mamada. Gimo y cierro el puño para no correrme al ver su expresión. No solo es una puta maravilla, sino que en sus ojos no hay miedo ni nerviosismo. Brillan con anticipación.

Calista quiere que me la folle.

Como en un trance, mis manos se mueven por sí solas, deslizo los dedos por el lado de su mejilla antes de recorrer su esbelto cuello. Podría hacerle daño, destruirla, pero ella me mira con confianza. Puede que no se fíe de mí en lo emocional, pero en lo físico, no duda en entregarse.

Me apresuro a quitarle el sujetador y le arranco el fino encaje de las braguitas del cuerpo. Ella jadea ante la violencia de mi gesto, que hierve a fuego lento bajo mi piel, pero no se queja. La necesito como nunca antes había deseado a nadie, y debe notarlo.

Las ganas me invaden y me exigen que la reclame. Que la marque como mía. Me inclino y poso los labios en su pecho; se le enciende la piel mientras succiono y mordisqueo, y voy dejando un rastro de marcas. Se arquea contra mi boca, avivando las llamas de mi deseo.

Nunca me saciaré de ella.

Le clavo los dedos en las caderas con fuerza suficiente como para dejarle marcas y tiro de ella hacia mí. Se desliza sobre la cama con los brazos por encima de la cabeza. Acaba en una postura de sacrificio que me excita. Mis instintos primarios se disparan y le separo los muslos de un tirón antes de penetrarla.

Apenas percibo el pequeño jadeo de Calista. ¿Cómo podría hacerlo si estoy perdido en su calor y envuelto en su aroma?

Se tensa a mi alrededor, le tiembla el cuerpo cada vez que muevo las caderas. Pero no puedo parar. Cuando se relaja debajo de mí y un gemido me llega a los oídos, sé que está disfrutando. Le poso las manos en la cintura para tener un mejor agarre; la hundo más en el colchón mientras aumento el ritmo y la embisto con más fuerza. Se le mueve la cabeza y cierra los ojos, pero le entra entera.

Mis dedos clavándose en su piel.

Las brutales embestidas.

Es puro sexo, carnal y salvaje.

Nuestros cuerpos irradian calor, ambos brillamos por el sudor que nos deja la piel pegajosa. Noto el sabor salado cuando le mordisqueo el cuello. Ella grita y el sonido es una mezcla de placer y dolor. Me excita y me empuja al borde.

La locura toma el control.

Salgo de ella tan rápido que su coño hace un ruido de succión. Luego, giro a Calista para ponerla sobre las manos y las rodillas antes de tomarla desde atrás. La fuerza de mis embestidas hace que se le balancee el pelo suavemente; la velocidad de los movimientos rítmicos va aumentando mientras llevo mi cuerpo al límite.

Ella gime, el sonido queda amortiguado por las sábanas, pero yo lo oigo. Lo saboreo. Sin embargo, ver la gasa que le cubre el hombro casi me desconcentra. Es un doloroso recordatorio de la realidad, del peligro que acecha alrededor. Mis emociones se intensifican, se vuelven desenfrenadas y volátiles, hasta que las reúno con la intención de canalizarlas hacia Calista.

Soy yo quien controla su placer, y esta noche no va a ser menos. Tomo las riendas de cada sensación, doblegando su voluntad a la mía para darle todo lo que desea. Su cuerpo responde, su coño se aprieta alrededor de mi polla cada vez que me hundo más adentro, la cabeza me da vueltas al pensar que me pertenece.

Sus gemidos se vuelven más y más ruidosos hasta que alargo la mano para acariciarle el clítoris, y le arranco un grito. Está preciosa cuando se corre. Su orgasmo provoca el mío y siento un hormigueo en la espalda antes de deshacerme.

Este es mi momento de rendición… ante la mujer que ni siquiera es consciente de que está ocurriendo.

Me desplomo sobre ella, con la mejilla apoyada en su espalda y los brazos temblorosos por el esfuerzo de sostener mi peso. Calista permanece en silencio, su cuerpo sube y baja con cada respiración entrecortada. Cierro los ojos mientras el cansancio y la satisfacción se apoderan de mí. Nuestra conexión es tan fuerte que me resisto a separarme de ella.

Sobre todo porque no sé si me odia por usar su cuerpo de forma egoísta.

II

HAYDEN

Calista suspira. El dulce sonido roza mi oído antes de aferrarse a mi alma. ¿Cómo puede dormir tan plácidamente después de habérmela follado hasta perder la cabeza?

La intensidad con la que la necesitaba me abrumó. Quebró mi autocontrol y me arrastró a un lugar oscuro donde lo único que importaba era reclamarla. Aunque no era solo eso: necesitaba desesperadamente asegurarme de que estaba viva y que aún la tenía.

Lo que le he hecho ha sido brutal. Violento. Puede que le haya advertido que no iba a ser suave, pero eso no podía haber preparado a Calista para lo fuerte y rápido que la he tomado. Casi como si la estuviera castigando por hacerse daño, cuando no fue culpa suya, ni mucho menos. El miedo a perder a Calista me ahogaba hasta el punto de que no podía respirar si no estaba dentro de ella, sintiendo su cuerpo alrededor del mío.

Nunca he estado tan desesperado por ella.

Y cada vez va a más.

Me aparto de su cuerpo con los dientes apretados y luchando contra el impulso de volver a penetrarla. Tengo la polla casi dura, como si se prepara ante la idea. Ignorando a esa cabrona codiciosa, pongo a Calista boca arriba y me coloco a su lado, tumbado sobre un costado con ella pegada a mí.

La recorro con la mirada y observo los ligeros moratones que ya empiezan a aparecer en su piel. Los he hecho con las manos, los dientes y la boca, cualquier parte con la que pudiera tocarla. Marcarla. Las señales que le cubren los pechos, las caderas, el cuello y los hombros le recordarán mañana lo que ha ocurrido entre los dos esta noche.

Lo que hemos compartido ha sido más que pasión. Ha sido algo más profundo. Su pasión respondió a la mía, igual de intensa, pero conservando su dulzura. Al ofrecerme su cuerpo, ha calmado los demonios que llevo dentro y los ha reemplazado con una calma que no creía que sería posible. Incluso ahora, teniendo su herida en las narices, estoy tranquilo. Aunque cada vez que miro la gasa que la cubre, el estómago se me revuelve.

Le retiro un mechón de pelo que tiene pegado a la mejilla húmeda. Las lágrimas de Calista aún no se han secado. ¿Ha llorado de dolor o de placer? Puede que por las dos cosas.

—¿Callie?

—¿Mmm?

Casi me río ante el quejido de fastidio. Mi sonrisa brilla en la oscuridad.

—¿Te encuentras bien?

—Define «bien».

Con firmeza, pero con delicadeza, muevo a Calista para colocarla boca arriba y verle la cara.

—¿Te he hecho daño?

Me lanza una mirada de exasperación que me divierte más que otra cosa.

—Define «daño». —Cuando la miro con los ojos entrecerrados a modo de advertencia, deja escapar un suspiro—. Sí, me has hecho daño.

—Lo suponía. —Recorro con mis dedos las manchas rojas de sus pechos—. Me gustaría decir que lo siento, pero sería mentira.

Disfruto verte así, con la piel cubierta de marcas después de haberte follado.

Mi polla se agita al contemplarla. Como siempre. Vuelvo a mirarla a la cara, intentando concentrarme en algo que no sea volver a tomarla.

—Hablo de que has herido mis sentimientos, Hayden, no mi cuerpo. No estoy dolorida porque sigo bajo los efectos de los analgésicos.

—Lo entiendo.

—¿Tú crees? Yo lo dudo. No voy a hacerlo, pero si te mintiera, seguro que no te gustaría ni un pelo.

Asiento en señal de acuerdo.

—La severidad de mis actos dependerían de lo que me ocultaras.

—¿Y si invadiera tu privacidad y te acosara?

—Me sentiría halagado.

—Hablo en serio.

—Y yo. Eres todo lo que siempre he soñado, así que disfrutaría que me persiguieras así. Es una muestra de emoción, dedicación y fijación.

—Estás como una cabra.

—Estoy loco por ti, Callie. Nunca he dicho lo contrario.

—¿Qué voy a hacer contigo? —Su voz no es más que un susurro, un pequeño aliento rozando mi boca.

—Quédate conmigo. Quiéreme.

Ella parpadea, la sorpresa en sus ojos refleja la mía. Que le haya dicho la verdad no significa que quisiera hacerlo. Al menos no ahora, cuando todavía sigue dudando de mí.

Quiero que me quiera por razones egoístas que ella no podría comprender.

—¿Qué has dicho? —pregunta.

—Ya me has oído.

—Bueno, pero quiero oírlo de nuevo. —Cuando le lanzo una mirada incisiva, se levanta para atraparme la cara entre las manos—. Por favor.

Gruño por lo bajo.

—Ya sabes cómo me pongo cuando me suplicas.

—¿Por qué te crees que lo hago?

—¿Tan importante es para ti?

Cuando asiente, le doy vueltas al asunto. En mi profesión, si surge la oportunidad de usar algo a mi favor en una negociación, no dudo en hacerlo. Especialmente si es con la mujer que tengo debajo. Ella tiene todo el poder.

—Quiero que me quieras, Callie.

—¿Y qué hay de que me quieras *tú* a *mí*?

Cuando me quedo en silencio, con sus palabras repitiéndose en mi mente, deja caer las manos.

—Eso creía. Quieres que te lo dé todo, pero te niegas a hacer lo mismo conmigo. Nunca he conocido a nadie tan hipócrita.

Aprieto los dientes, ya echo de menos su contacto en mi piel.

—No sé si soy capaz de querer a nadie.

—Sí, sí que lo eres. Te quieres a ti mismo. Por eso actúas de esta manera. Todo son mentiras y manipulaciones para conseguir lo que quieres. Da igual lo que yo necesite o cuánto me lastimes en el proceso.

—No creo que pueda darte lo que quieres.

—¿Por qué? —Sus ojos resplandecen, llenos de lágrimas de rabia y de dolor—. ¿Qué es lo que te da miedo?

Me revuelvo en la cama y me tumbo para quedar mirando al techo. Su pregunta es válida y no me cuesta admitirlo. Pero mi respuesta no es tan sencilla de aceptar. El miedo sí.

Lo único en el mundo que me aterra es pensar en perder a Calista.

—Ser vulnerable —respondo—. No quiero sentirme débil.

Se pone de lado y su mirada se centra en mi perfil.

—El amor no te hace débil. Te da fuerzas para luchar por algo que merece la pena tener. El amor debería traer alegría y plenitud, no tristeza y vacío.

Tuerzo los labios con incredulidad.

—Puede que sea el sentimiento más doloroso que existe.

—Solo si no estás con la persona que quieres.

—Eso es justo a lo que me refiero.

Calista se queda en silencio. Al cabo de unos instantes, se arrastra sobre mí, posa las caderas sobre las mías y las manos en mi pecho. Los sedosos mechones de su pelo me rozan los brazos, y me acaricia con su piel suave, pero son sus ojos los que me mantienen prisionero. En sus ojos castaños se refleja una compasión que nunca antes había visto.

Si eso no es amor, se le parece mucho...

—Me quieres, Hayden, aunque sea a tu manera retorcida.

Ella alza una ceja desafiante, esperando mi respuesta. Solo la miro y espero que algo en mi mente me diga que no. Lo hace, pero no porque no me importe.

No puedo arriesgarme a quererla.

—Calista...

—Dilo. —Me clava las uñas en la piel y su mirada es igual de punzante—. Di que no me quieres.

La miro con la misma intensidad.

—No quieres oírlo de verdad.

Se inclina hasta que me aprieta el pecho con el suyo y sus labios se ciernen sobre los míos.

—Sí. Necesito saber aquí y ahora si eres capaz de decirme la verdad cuando más importa. Porque si me mientes sobre esto, juro por Dios, Hayden, que te dejo.

—Y una mierda. —Tenso la mandíbula mientras la agarro por las caderas y le clavo los dedos en su carne suave—. ¿Cómo vas a saber si te estoy mintiendo?

—Intuición de mujer.

Me sostiene la mirada. Y comienza a mover las caderas deslizando su coño mojado por toda la longitud de mi polla.

—No empieces cosas que no puedes terminar —digo con voz ronca—. Si no paras, voy a follarte.

—Puede.

Sus movimientos son lentos y deliberados, como si me estuviera retando a frenarla. Cuando mi semen empieza a gotear de su interior hacia mi vientre, alargo la mano para limpiarlo. Luego, hundo dos dedos dentro de ella.

—¿Qué estás haciendo? —pregunta con un gemido.

—Devolverlo a donde pertenece.

Ella sacude la cabeza.

—No, intentas distraerme.

—¿En serio? ¿Tú eres la que me está rozando ese coño tan bonito por toda la polla y piensas que soy yo el que distrae?

La acaricio hasta que empieza a moverse sobre mi mano, apretándose contra ella mientras me mira.

—Joder, Hayden.

Por primera vez, no la corrijo por su lenguaje. En lugar de eso, premio esa boca tan sucia curvando los dedos y centrándome en el punto que va a darle lo que quiere.

—Por favor. —Calista inclina la cabeza como si rezara. Tal vez lo esté haciendo. En este momento, yo soy su dios—. Por favor, dímelo.

Espero a que contenga la respiración, a que separe los labios en un grito silencioso. El momento en el que se corre es cuando es más vulnerable a las necesidades de su cuerpo. Y a mí. Entonces susurro mi verdad, la acepte o no.

—No quiero quererte.

«Pero te quiero».

12

CALISTA

La cálida luz del sol se filtra a través de las cortinas y me despierta de un sueño profundo y tranquilo. Por un momento, me siento desorientada, atrapada en los restos difusos del letargo. Entonces lo recuerdo todo.

Hayden follándome como un salvaje.

Sus palabras.

Mi sumisión.

Me desperezo lánguidamente, el dolor muscular es un delicioso recuerdo de la noche anterior. Frunzo el ceño y me doy la vuelta; me pregunto en silencio por qué Hayden no me abraza, pero descubro que su lado de la cama está vacío. Alargo la mano para tocar su sitio, pero está frío. Debe de haberse despertado pronto.

Al incorporarme, la sábana se desliza hasta quedar alrededor de mi cintura desnuda. Me tomo un momento para contemplar los chupetones que me recorren los pechos y las caderas, vívidos recuerdos de cómo me hizo suya . Despiertan unas imágenes que me calientan el estómago.

Tras la confesión cruda y emocional de anoche, la intimidad que vino después fue diferente… más tierna y en conexión. Con cada caricia y cada beso reverente, sentía cómo el hielo alrededor del corazón de Hayden se derretía.

Cuando por fin unió nuestros cuerpos por segunda vez, su contacto tomó una nueva suavidad, como si yo fuera algo sumamente valioso. Y más tarde, envueltos en los brazos del otro y agotados, me susurró: «Por favor, no me hagas quererte».

Todavía se me corta la respiración al recordar esas palabras. Es lo más parecido a una declaración de amor que he recibido de él. Una parte de mí sigue recelosa, asustada de tener esperanzas después de tanto dolor. Pero otra aún mayor está convencida de que le importo tanto como él a mí.

Tal vez diga que no quiere quererme porque ya lo hace…

Me salgo de la cama y rebusco en el cajón de Hayden para usar una de sus camisetas. Después de ponerme una gris suave que me llega a medio muslo, aspiro su aroma bajo el olor a detergente. Este hombre me acelera el pulso sin ni siquiera intentarlo.

De pie en medio de su habitación, miro fijamente la foto en blanco y negro que hay sobre su cómoda. Aunque el rostro de la mujer está alejado del espectador, es preciosa. Tiene un perfil delicado y un cuerpo bien proporcionado, pero no es eso lo que la hace atractiva. Es el aire de misterio que la rodea, como si fuera a encontrarse con su amante por última vez.

Mirar esta fotografía me despierta la misma inseguridad que sentí la primera vez que entré en la habitación de Hayden. Si a eso le sumo la vergüenza que siento esta mañana, me entran ganas de volver a meterme bajo las sábanas.

El olor a café me invade los sentidos y me recuerda que el hombre que ocupa mis pensamientos me está esperando. Salgo de la habitación y camino por el pasillo hasta llegar a la puerta de la cocina. Hayden me espera de espaldas. Está aún más atractivo con el pelo revuelto y en punta por algunas partes. Bueno, por eso y porque lleva el torso desnudo y unos pantalones de chándal que le cuelgan de las caderas.

Lo miro con asombro. Nunca hubiera imaginado que alguien como Hayden, un hombre que viste siempre tan arreglado, pudiera tener pantalones de chándal, y mucho menos que se los pusiera.

Mis latidos se vuelven rápidos cuanto más lo miro. Quiero saludarle y hacerle saber que estoy aquí, pero tengo la boca seca y no puedo formar palabras. Ya no es timidez. Es que me he quedado embobada.

Se da la vuelta para mirarme y se apoya contra la encimera, con los músculos del torso marcados.

—Buenos días, Callie.

—Hola. —Me sale más como un chillido y me pongo roja de la vergüenza. Este hombre me ha follado de diez maneras diferentes desde el domingo, ¿y no puedo saludarle sin sentirme cohibida? Increíble.

—Ven aquí —me dice. Cuando me quedo quieta, frunce el ceño—. ¿Qué ocurre? ¿Te duele la herida?

—No… quiero decir, sí. Espera. Necesito un momento. —Inhalo profundo y dejo salir el aire despacio. No me ayuda a librarme de los nervios, así que dejo de intentarlo—. ¿Quién es la mujer de la foto que tienes en la pared de tu habitación?

—Ven aquí y te lo digo.

Levanto la barbilla.

—Dímelo y voy.

—*Te vas a venir*, eso seguro.

Se acerca a mí. Se me escapa un chillido —medio de emoción, medio de sorpresa—, pero me mantengo firme con el corazón latiéndome desbocado. Cuando solo nos separan unos centímetros, levanto las manos con las palmas hacia él.

—Me aprietan los puntos —le digo—. Por favor, no me agarres.

Hayden se para en seco. Se cierne sobre mí y me mira con preocupación.

—En lugar de interrogarme por una fotografía, deberías haber mencionado que te molesta.

Me encojo de hombros y me arrepiento al momento cuando el movimiento me tensa la piel del hombro.

—Bueno, te lo estoy diciendo ahora.

—Voy a por tu medicación.

—No me gusta lo adormilada que me deja cuando me la tomo.

Da media vuelta y vuelve a la cocina. Me reclino contra la pared, con cuidado de no apoyarme en la herida, y me tomo un momento para recuperar el aliento. No me cabe duda de que Hayden me habría follado en ese momento si no hubiera dicho que me dolían los puntos.

Su apetito es insaciable. Aunque no me quejo, me pregunto hasta qué punto lo motiva su necesidad de dominar. Utiliza el sexo como estrategia de poder, pero ¿seguiría haciéndolo si yo cediera?

Cuando vuelve con un vaso de agua y las pastillas en la mano, me las da. Me apresuro a tomar la medicación.

—¿Quién es la mujer de la foto en blanco y negro, Hayden?

Sonríe de medio lado.

—¿Por qué te importa tanto?

—Más te vale no reírte de mí. Esto es serio.

—No voy a burlarme de ti por esto. Ya puedes dejar de mirarme como si quisieras estrangularme. —Ladea la cabeza—. ¿Estás celosa, Callie?

«Sí».

Me río, sarcástica.

—No dejes que mi pregunta infle tu, ya de por sí enorme, ego… ¿Quién es ella y por qué está precisamente en la pared de tu habitación?

Se agacha hasta que puedo ver el azul de sus ojos refulgiendo de diversión y placer.

—Eres tú.

—¿Yo?

—Sí.

Giro sobre mis talones y corro hacia el dormitorio, con la risa de Hayden siguiéndome. El sonido, despreocupado y alegre, me aprieta el pecho. Es la tercera vez que le oigo reír. Puede que me guste la parte oscura y melancólica de su personalidad, pero esto es algo especial.

Tras frenar en seco frente a la cómoda, miro fijamente la foto. Casi no me doy cuenta de que Hayden se coloca detrás de mí hasta que se inclina hacia delante para posar la boca junto a mi oreja.

—Tú eres la única mujer que puede estar en esta habitación.

—No me lo puedo creer —murmuro—. Madre mía, eres un acosador de primera.

Se ríe de nuevo y yo aprieto los labios para evitar que se me escape una sonrisa. No es que le haya perdonado aún por este asunto, pero después de lidiar con el trauma de mi pasado, Hayden es la única persona que me hace sentir segura. Una ironía teniendo en cuenta que al principio me tenía acojonada.

—Me declaro culpable —dice. Arrastra los labios por el lateral de mi cuello y me besa la piel sensible. Me estremezco, prueba de que mi cuerpo le obedece más a él que a mí—. Tomé la foto para evitar secuestrarte.

—¿Se supone que debo darte un premio por ello? —Resoplo—. ¿De cuándo es?

—La semana siguiente al funeral de tu padre.

Me pongo rígida.

—¿Me estás diciendo que llevas siguiéndome meses?

Hayden me agarra los hombros, con cuidado de no tocar la herida, y me gira hasta quedarnos de frente.

—Necesitaba saber qué tipo de mujer eras. Ahora que lo sé, no voy a volver a vivir sin ti. No puedo.

—Yo tampoco sé si puedo.

Me agarra con más fuerza.

—Tengo muchas ganas de besarte.

—¿Por qué no lo haces?

—Porque si lo hago, voy a follarte, y tengo que irme dentro de poco.

—Deja que lo adivine... ¿Tengo que quedarme aquí todo el día? —Cuando asiente, pongo los ojos en blanco—. Sé que esto puede chocarte, pero me gusta trabajar y estar ocupada.

En lugar de rebatírmelo, me besa la frente. El gesto tierno me deja mirándole con asombro. Primero, la risa de Hayden, y luego se comporta con esta dulzura... ¿Cómo no voy a perdonarle? Tal vez ya lo haya hecho, de lo contrario anoche no me habría entregado por completo.

—Callie, sé que no quieres oír esto, pero alguien te ha enviado un paquete para asustarte. Hasta que averigüe quién es, voy a hacer todo lo que está en mi mano para mantenerte a salvo.

Le coloco las manos en el pecho.

—¿Crees que estoy en peligro?

—No estoy dispuesto a poner tu vida en riesgo.

—Esa no es una respuesta.

Desvía la mirada en una extraña muestra de duda. O tal vez sea para ocultar su miedo...

—Alguien mató a tu padre y a su amante, y agredió a su hija. Creo que esta persona misteriosa quiere vengarse del senador. Con él fallecido, tú eres el único objetivo que queda. No descartemos el hecho de que tanto tú como su secretaria teníais el mismo compuesto en vuestros organismos la noche en que se produjeron los crímenes. Todo está demasiado conectado como para ser coincidencia.

Asiento lentamente y absorbo la información. No es nada nuevo, pero oírlo todo junto después de todo lo que pasó ayer me hace verlo con perspectiva. Alguien tiene que resolver este caso y llevar a esa persona ante la justicia, o tendré que vivir mirando por encima del hombro y esperando que alguien venga a por mí.

—¿Por qué ahora? —pregunto—. El funeral de mi padre fue hace meses. Si esta persona quería hacerme daño, ¿por qué no lo hizo cuando me mudé de la finca de mi padre?

—Tal vez porque vio que alguien te perseguía y eso le hizo mantener las distancias.

Cuando Hayden me guiña un ojo, casi me derrito. Su expresión se vuelve seria y deja escapar un suspiro.

—Bromas aparte, no tengo una respuesta para eso. Lo que sí sé es que voy a llegar al fondo del asunto. Hasta entonces, voy a necesitar que cumplas la promesa que me hiciste.

Muevo la cabeza, desconcertada.

—¿Cuál de ellas? Pides muchas cosas.

—Me prometiste que dejarías que te protegiera.

—Ah, sí. Al menos esta cárcel es cómoda.

—No vas a quedarte aquí.

13

CALISTA

—¿Cómo? —entorno los ojos—. ¿Dónde vas a mandarme?

Desliza las manos desde mis hombros hasta rodearme el cuello y acercarme a él. A pesar de la delicadeza de su contacto, sus ojos están cargados de determinación.

—*Nos* vamos los dos. No quiero que estés en la ciudad mientras trabajo en el caso. Haz las maletas, vamos a un sitio cálido.

Aguanto su intensa mirada, me niego a flaquear. Si cedo en esto, ¿quién sabe qué otras libertades me quitará con la excusa de protegerme?

—No puedo irme sin más —replico—. Tengo un trabajo y voy a echar de menos a Harper. Además, ¿qué hay de lo que me prometiste? Quiero matricularme en las clases de primavera y faltan pocas semanas. Entiendo que quieras mantenerme a salvo, y confío en que lo harás, pero tendrá que ser aquí. Si confías en mí, vas a tener que echarte a un lado y dejar que tome mis propias decisiones.

Su expresión sigue siendo de piedra a pesar de suplicarle con vehemencia. Busco en sus ojos una señal de que va a ceder, pero no veo que se haya ablandado. En todo caso, está más rígido que antes.

—Entiendo que quieras tu independencia —dice con los dientes apretados—, pero no voy a poner en riesgo tu vida simplemente para que puedas disfrutar de las comodidades de estar en casa. He cometido demasiados errores en lo que a ti respecta y no añadiré otro a la lista.

—¿Te refieres al error de dejarte las perlas en el bolsillo? —Me zafo de su agarre con una risa, pero suena vacía—. Ese fue un fallo descomunal. Me demostraste que siempre pondrás tus intereses por encima de los míos.

Aprieta la mandíbula, la lucha interna se refleja en su rostro antes de estrechar la mirada.

—No voy a cambiar de opinión, Calista. Haz las maletas o no las hagas. De igual forma, vamos a ir.

Se me encoge el corazón.

—¿Mi opinión no cuenta? —pregunto con las palabras cubiertas de amargura—. ¿Tú decides qué es lo mejor para mi vida y ya está, fin de la discusión?

—Es por tu propio bien. —Se cruza de brazos, una indicación silenciosa de que el tema está zanjado. Retrocedo como si me hubiera abofeteado. La indignación y el dolor se me agolpan en el pecho, a punto de atravesarme la piel.

—No me sirve. No puedes dictar cada aspecto de mi vida y disfrazarlo de protección.

—Di lo que quieras, pero no vas a salir de este sitio hasta que vuelva a por ti. Cuando lo haga, vas a subirte a ese avión, aunque te tenga que llevar en brazos. Que vayas atada o no es cosa tuya.

Le lanzo una sonrisa edulcorada.

—Muy amable que me dejes elegir. ¿Qué hay de mi cuerpo? ¿También lo vas a usar cada vez que te plazca?

Los ojos de Hayden centellean ante la insinuación justo antes de dar un paso hacia mí. Retrocedo, pero él sigue avanzando hasta que choco con una superficie plana. Golpea la pared con las palmas de las manos a ambos lados de mi cabeza, enjaulándome. No me importa. No tengo fuerzas para huir cuando veo la furia que cubre su rostro y que me despoja de todo coraje.

—Yo nunca te forzaría —gruñe—. No soy un violador. No me insultes a mí ni a lo que tenemos insinuándolo. Sin embargo...

Presiona su cuerpo contra el mío y me aprisiona. Jadeo al sentir su miembro, duro y palpitante, contra mí. Me arden las mejillas de excitación y vergüenza. Me he pasado de la raya, pero no puedo volver atrás, aunque me arrepienta de haberlo dicho por rabia.

—Señorita Green, si crees que no soy capaz de seducirte hasta que me supliques que te folle, te equivocas. No me supone ningún problema jugar con ese coño tan bonito hasta que me pidas a gritos que te deje correrte.

—¿Señorita Green? Creí que ahora era la señora Bennett, según Sebastian —contesto con brusquedad y la respiración entrecortada.

—Señora Bennett suena bien. Quedaría incluso mejor escrito en tu piel.

Fulmino a Hayden con la mirada, sabiendo que no he provocado ninguna reacción en él.

—Lo que tenemos es de chiste, *señor Bennett*. Solo me quieres si puedes controlar cada aspecto de nuestra relación.

—Lo que viene siendo un matrimonio.

—Eres un hijo de puta arrogante.

—Llámame como quieras —dice Hayden—, pero recuerda ese nombre porque será lo que gritarás luego, *señora Bennett*.

Se aparta de la pared, con la mandíbula apretada. Sin decir nada más, se gira y camina hacia el baño para luego cerrar de un portazo. Me agarro el pecho, deseando que se me calme el pulso y que mi respiración se estabilice.

No quiero volver a ver a Hayden tan enfadado conmigo.

Salgo a trompicones de su habitación para ir al dormitorio de invitados y me hundo en el borde del colchón. El tiempo pasa mientras miro al frente, aún conmocionada por el enfrentamiento.

La distancia entre nosotros parece insalvable y, por lo que se ve, nunca llegaremos a un acuerdo pacífico.

A menos que me rinda.

Cojo el teléfono de la mesilla de noche de la habitación de Hayden sin dolor. Los analgésicos me han hecho efecto, pero aún me duele la conversación que tuve antes con Hayden. No se ha puesto en contacto conmigo desde que se fue a trabajar. Lo agradezco, pero me siento sola.

En la pantalla de mi móvil aparece una notificación de Harper. Sonrío, aun con el corazón herido, y abro el mensaje.

> **Harper:** Hola, tía. Sé que estás ocupada descansando, pero cuando tengas un rato, escríbeme. Estoy intentando no entrar en pánico. Vale, es mentira. Estoy cagada viva por ti. Mándame un mensaje cuando leas esto.

> **Harper:** No sé si los analgésicos que te han dado te están haciendo efecto, pero si no, dímelo. Mi madre trabaja para una farmacéutica de renombre y puedo conseguirte mierda de la buena.

> **Calista:** Hola, amiga. Siento haberte preocupado. Después de que nos viéramos en el hospital, me dieron de alta. Hayden me llevó a la farmacia a recoger la medicación y volvimos a su casa para cenar. Luego caí rendida. ¿Cómo está Alex? ¿Puedes decirle que lo siento y que pagaré todos los daños cuando vuelva al trabajo?

Harper responde al momento. Sonrío al imaginármela tecleando a toda velocidad en el móvil mientras ignora a todo el mundo a su alrededor. Cuando tiene algo en el punto de mira, buena suerte llamando su atención.

Harper: Por fin me escribes. He estado a eeeesto de entrar a la fuerza en el ático, o cualquiera que sea el sitio lujoso de cojones en el que vivas. Ayer, Alex y yo limpiamos todos los cristales, tiramos todos los pasteles para asegurarnos de que no herían a nadie y nos pasamos el resto del día en la cocina horneando. No hace falta que compenses a Alex por nada. Tu marido —creo haber oído a ese dios ruso referirse a ti como la señora Bennett— se encargó de que viniera alguien hoy para arreglarlo. También lo pagó todo y le dio a Alex la cantidad de ingresos que habría conseguido si hubiéramos estado abiertos.

Calista: Guau.

Harper: Síp. Cuando se trata de ti, ese abogado no se anda con chiquitas.

Calista: Dímelo a mí.

Harper: Ya te digo. Deberías haberle visto la cara cuando llegó al Sugar Cube y te vio tirada en el suelo. No soy creyente, pero recé tres avemarías. Ese hombre tenía pinta de querer matar a alguien, y no quería ser yo. En fin, ¿cuándo vuelves al trabajo? Mañana me toca abrir. Me cago en todo.

Me muerdo el labio inferior, pensando en los planes de viaje que mencionó Hayden esta mañana. Por mucho que quiera rebelarme, no estoy segura de querer provocarle de nuevo. Pero si no lo hago, ¿entonces qué?

Calista: No estoy segura. Hayden me ha dicho que quiere llevarme de vacaciones improvisadas mientras averigua quién me envió ese paquete.

Harper: Pues mira, quizá alejarte de toda esta mierda no sea tan mala idea. Por fin Alex ha contratado a dos personas más y Sheryl ha vuelto de su baja por maternidad. Por una vez, no estaremos cortos de personal. Así que si estás preocupada por eso, no lo estés.

Calista: Qué bien me conoces. Intentaré no sentirme culpable por todo esto.

Harper: Más te vale. Nada de esto es culpa tuya. Tengo que irme. Un gilipollas está intentando hablar conmigo y estoy a punto de decirle a mi profesor de economía que puede coger su temario y hacerse una paja con él. La economía no va a ser la única «micro», ¿lo pillas? ;)

Calista: XD. Hablamos luego. <3

Me dejo caer en la cama y me quedo mirando el techo. Harper ha conseguido que la idea de Hayden de irnos de la ciudad suene razonable. Pero cada vez que me acuerdo de cómo me ha ordenado que haga las maletas me dan ganas de golpear algo. ¿Me arrepentiré con el tiempo de no plantarle cara ahora?

Se me escapa un suspiro que llena el silencio. No tengo respuestas, solo preguntas. Algunas de ellas no son sobre Hayden. ¿Quién cogió mis bragas y me las envió casi un año después de la agresión? Me estremezco al pensar que alguien las haya guardado tanto tiempo. Es enfermizo.

¿Qué quiere de mí? No tengo nada de valor. El nombre de mi familia está hecho trizas. No tengo ni una fracción de la riqueza que solía tener. No poseo nada caro, ni nada físico ni ninguna información secreta. Nada tiene sentido.

La ira que siento hacia Hayden se suaviza lo suficiente para que pueda destensar un poco los músculos. Es un gilipollas, pero

ese hombre está intentando protegerme del peligro que me amenaza. ¿Cómo puedo hacer que valore mi independencia mientras
permanezco a la sombra de su protección?

14

CALISTA

Los últimos rayos de luz se cuelan en la habitación y la iluminan con un brillo dorado. Uno de los rayos me recorre la cara, la calienta ligeramente y penetra en la oscuridad del sueño. Frunzo la cara con un bostezo y abro los ojos, luchando contra los retazos del sopor que aún se aferran a mí.

Se desvanecen en cuanto noto que no estoy sola.

Me siento recta y espero a que me duelan los puntos por el movimiento brusco. Me olvido de inmediato de la herida en el momento en que un par de ojos celestes encuentran los míos. Incluso entre la tenue iluminación de la habitación puedo distinguir la preocupación brillando en ellos.

—Hayden —susurro. Se me tensa el cuerpo mientras espero que me toque.

Asiente, pero se queda de pie en los pies de la cama con los brazos cruzados. Para él nunca ha sido un problema expresar lo que quiere. Me retiro un mechón de la mejilla y espero.

—¿Has descansado? —pregunta.

—Sí.

—Bien. ¿Has hecho las maletas? Nos vamos antes del amanecer.

Le aguanto la mirada, temblando por dentro.

—No.

—Ya veo. —Su tono suave contrasta con sus labios apretados—. Entonces ya has tomado tu decisión.

—¿Por qué estás haciendo esto? Obligarme a ir contigo cuenta como secuestro, para que lo sepas. Estoy muy segura de que hay leyes que prohíben este tipo de cosas.

Enarca una ceja.

—Debes sentirte mejor si te atreves a sermonearme sobre cómo funciona la ley. Puedo plantear esta situación de forma que nada de lo que estoy haciendo sea ilegal, pero no es necesario. Vienes conmigo porque quien te envió ese paquete trama algo.

Niego con la cabeza.

—¿Cómo puedes estar tan seguro de que quiere hacerme daño?

—¿Quién puede predecir o entender la mente de un trastornado?

Le lanzo una mirada acusatoria.

—Mucho cuidado, señora Bennett.

—¿De veras crees que tiene que ver con mi padre? —pregunto en un intento por cambiar de tema. E ignorando deliberadamente el nombre que usa ahora.

Hayden asiente.

—Los políticos rara vez ocupan y mantienen un cargo sin esconder algún trapo sucio.

—Mi padre era un buen hombre. Si te importo lo más mínimo, no digas cosas negativas sobre él delante de mí. —Bajo la mirada y aliso el edredón, incapaz de mirar a Hayden—. Quiero que los recuerdos que tengo de él permanezcan intactos, sin importar lo que averigües en tu investigación.

—Lo entiendo. —Suaviza la voz y me da el coraje para mirarlo a los ojos—. Tu padre era inocente de los cargos de los que se le acusaba. Ahora lo sé, pero debería haber sabido que era un hombre decente después de conocerte a ti. Si no fuera así, habría acabado con la bondad que llevas en tu interior en lugar de alimentarla.

—Gracias. Significa mucho para mí oírte decir cosas buenas de mi padre. Dios, lo echo tanto de menos.

Hayden se pone rígido. Es casi imperceptible, pero me doy cuenta. Entrecierro los ojos y lo observo detenidamente, buscando en su rostro cualquier detalle que pueda explicar su cambio de actitud.

—Te debo una disculpa con respecto a tu padre —dice bajito—. Me equivoqué gravemente con él.

—No pasa nada. Has admitido haber cambiado tu opinión sobre él, eso es todo lo que me importa.

Se mete las manos en los bolsillos y gira la cabeza hacia la poca luz que ilumina la habitación.

—Estaba muy equivocado y no voy a poder compensártelo nunca.

Arrugo la frente, confundida. Justo cuando estoy a punto de pedirle que me explique de qué está hablando, Hayden me mira de frente, con expresión estoica una vez más. Su cambio repentino me deja sin palabras. Está claro que algo le preocupa, pero no tengo ni idea de qué puede ser.

O si quiero saberlo.

—Supongo que no has cenado porque cuando he llegado te he encontrado durmiendo —dice.

—No. ¿Cuándo has llegado?

Levanta ligeramente un hombro.

—Hace unas horas.

—No habrás estado mirándome todo este tiempo, ¿no?

—Sí. —Hace una pausa y luego continúa—: Verte durmiendo en mi cama me tranquiliza. Todavía me aterra pensar que te pierdo.

El corazón me late salvaje en el pecho con su confesión. Esta no es la primera vez que Hayden admite que le da miedo perderme, pero por algún motivo, esto es diferente. Está cargado de algo más que miedo.

Cada palabra, cada sílaba, está marcada de pura agonía.

Un silencio incómodo inunda la habitación y nos cubre de tensión. Lo rompo con un susurro, casi imperceptible para mis propios oídos.

—No sé qué decirte, Hayden.

Rompe el contacto visual conmigo y tensa la mandíbula al apartar la mirada.

—Al menos que aceptes cooperar, no hay nada que decir.

—No es verdad. Dejando a un lado que mi pasado me persigue, tú y yo tenemos asuntos que resolver. Si no… —Ahora soy yo quien gira la cabeza cuando me mira—. Las cosas tienen que cambiar.

—Lo harán cuando acabe con esta amenaza.

Suelto un suspiro cargado de frustración.

—Que sí, que vale.

—A lo mejor cuando comas se te quita el mal humor.

—A menos que decidas que no vas a secuestrarme, lo dudo —murmuro.

Hayden extiende una mano para ayudarme.

—Tengo una cuerda preparada, por si hiciera falta.

Le aparto la mano y me bajo del colchón. Antes de que mis pies puedan posarse en la alfombra mullida, me rodea la cintura con un brazo y me arrastra hacia él. Me golpeo contra su pecho, aturdida.

—Que me rechaces solo hace que te desee más —dice—. Si sigues resistiéndote, voy a follarte encima de la mesa del comedor.

Al oír la pasión con la que habla, mi cuerpo reacciona, a pesar de mis esfuerzos. Su amenaza sensual, combinada con la intensidad de nuestra discusión, remueve algo dentro de mí que no puedo ignorar. Hemos creado un vínculo emocional que va más allá de las circunstancias que estamos atravesando.

Respiro hondo en un intento por estabilizar mi respiración. Es imposible cuando me tiene sujeta tan cerca.

—Tengo hambre —digo con voz temblorosa mientras lucho contra el deseo.

Él me suelta, pero no retrocede. Vuelve a extenderme la mano. Esta vez, la agarro sin pensarlo. Provocarle de nuevo incitará una batalla que no puedo ganar.

Poco a poco avanzamos hacia la cocina. Los pensamientos se agolpan en mi mente, sembrando tantas preocupaciones e inseguridades que estoy deseando emborracharme para no pensar en nada. Cada vez que imagino los posibles escenarios de la escapada que ha planeado, no se me ocurre nada con lo que podamos hacer las paces.

—¿Dónde vamos mañana?

Hayden me levanta la mano y me roza el interior de la muñeca con los labios antes de responder.

—A una isla tropical lejos de aquí.

Doy un tirón, incapaz de concentrarme mientras me besa la piel. Me suelta con una sonrisa complacida y resisto el impulso de hacerle una mueca.

—¿Puedes darme alguna pista? —pregunto.

—Cuanto menos sepas, mejor. Y lo mismo para tu amiga.

—Está bien.

Decírselo a Harper no me serviría de nada. Tampoco es que ella vaya a rescatarme. También está la posibilidad de que Hayden me esté mintiendo para protegerme, como siempre.

—¿Qué quieres comer? —pregunta, e interrumpe mis cavilaciones.

—Me da igual. Tu empleada doméstica cocina muy bien. Todo lo que he probado me ha encantado. Me gustaría conocerla algún día.

—Cuando llegue el momento.

Se acerca al frigorífico de acero inoxidable y saca dos platos con tapadera. Después de calentar el contenido, los pone en la mesa del comedor, uno enfrente del otro.

Tomo asiento con la boca hecha agua, dispuesta a devorar toda la porción de lasaña. Hayden se acomoda en la otra silla mientras me observa, inmóvil.

Me ruborizo. Agacho la cabeza y busco los cubiertos, concentrándome en la comida. Aunque no lo estoy mirando, noto que sigue con la mirada cada uno de mis movimientos. Espero a que coma, pero su plato permanece intacto y sigue sin dejar de mirarme.

Me retuerzo bajo su atenta mirada y me regaño a mí misma en silencio por dejar que me afecte.

—Me estás mirando fijamente.

—Lo sé.

Levanto la cabeza. Me mira con una expresión amable que no suele mostrar. Es casi de devoción, como si yo fuera lo más fascinante que ha visto en su vida. La intensa energía que desprende me hace sentir un escalofrío. Lo reprimo de inmediato.

—Eres preciosa, Calista.

Agacho la cabeza una vez más, ignoro mi estado de nerviosismo y doy otro bocado mientras saboreo los intensos sabores.

—¿Puede venirse tu empleada doméstica adonde coño me vayas a llevar?

—Cuide su lenguaje, señora Bennett. Y no, Cecil no puede venir con nosotros.

—Bueno, se ha intentado.

—Eres consciente de que no me gusta negarte nada, ¿verdad?

Me encojo de hombros.

—Y sabes que haría cualquier cosa para mantenerte a salvo, ¿verdad?

—Sí, eso es lo que me preocupa —digo mientras asiento—. No sabes lo que es tener límites.

Él inclina la cabeza.

—¿Estás diciendo que el amor debería tener límites?

—¿Estás diciendo que me quieres?

—Creo que es inevitable.

Se me encoge el corazón al oír eso, pero pongo los ojos en blanco para disimular.

—Eres todo un romántico.

—¿Me quieres, Calista?

Contengo la respiración hasta que me arden los pulmones. En esos segundos, Hayden me observa con expresión voraz, como si se muriera de hambre por mi afecto.

—Ahora mismo, ni siquiera me caes bien. Eres un acosador, un secuestrador, un dictador… ¿Sigo?

—Nimiedades. —Agita una mano restándole importancia—. Contesta a la pregunta.

—¿Qué más te da?

—Porque nunca he conocido a alguien como tú. —Se inclina hacia delante, con la mirada penetrante—. Calista, tú me retas y me intrigas, pero eres la única persona que me hace cuestionarme todo lo que he conocido hasta ahora.

—¿Y crees que eso es amor?

Se vuelve a reclinar en la silla, con semblante pensativo.

—Creo que es algo profundo. Que eres irremplazable. Sería un idiota si creyera que podría tener esto con otra mujer, cuando nunca he querido más que un polvo rápido. Hasta que te conocí.

Me muerdo el labio inferior mientras un rayito de esperanza se arremolina en mi interior.

—Eres imposible, ¿lo sabías?

Me dedica una sonrisa triste que me da una punzada en el corazón.

—Me lo han dicho un par de veces en mi vida.

—¿Quién?

—Mi madre.

Esta respuesta tan simple encierra una profundidad y un peso difíciles de ignorar. Es un recordatorio de que bajo su dura fachada, Hayden es una persona con su propia historia, dolor y complejidades.

—Siento haberte sacado el tema —digo bajando la voz.

—No pasa nada. Aunque la tengo siempre presente, nunca antes había hablado de ella.

—¿Qué ha cambiado?

—Tú.

—No me hagas la pelota —respondo—. Por una vez, dime la verdad.

Su expresión pierde todo rastro de diversión.

—Eres la primera persona con la que he querido compartir su historia.

—Uh.

Antes de que pueda ordenar mis pensamientos y les dé forma para decir una frase coherente, se pone de pie y me tiende la mano.

—Vamos, es hora de irse a la cama.

—¿Y si no estoy cansada?

—Lo estarás.

Alzo la barbilla y me levanto agarrando su mano.

—Tienes razón. El camino hasta la habitación de invitados es larguísimo.

—No hace falta que seas sarcástica —dice, tensando los labios.

—Ni tú un arrogante, pero aquí estamos.

Él sacude la cabeza mientras suspira.

—Venga, vamos a llevarte a la cama.

Me quedo quieta, pero mi corazón sigue latiendo rápido tanto por los nervios como por la curiosidad.

—Espera.

—¿Qué pasa?

Respiro hondo para coger fuerzas antes de continuar.

—Si admitiera que te quiero, ¿qué harías?

Se gira despacio hasta quedar de frente. Me mira a los ojos y un destello de sorpresa ilumina su interior. El silencio se vuelve denso, cargado tanto de expectación como de miedo. En cuestión de segundos, me invade el arrepentimiento.

—Da ig...

—Calista, no sé qué haría porque nunca he estado enamorado. Pero si admitieras tus sentimientos por mí, los valoraría y protegería hasta el día que me muera.

—Eso es algo muy parecido a unos votos matrimoniales.

Me dedica una sonrisa reservada.

—Dame tiempo.

15

CALISTA

No sé si serán los analgésicos o el día cargado de emociones que he tenido, pero estoy exhausta. Si así es como reacciona mi cuerpo ante una medicación normal, no me quiero imaginar cómo sería tomar «mierda de la buena». Me pregunto si Harper habrá experimentado con fármacos que solo venden bajo receta gracias al trabajo de su madre.

En el baño, me desvisto rápidamente y frunzo el ceño cuando me encuentro un vendaje en la cadera. Puede que esté aturdida por la medicación, pero no tanto como para olvidarme de que tengo otra herida. El miedo me invade mientras quito el apósito con dedos temblorosos. El primer vistazo a la tinta negra me hace jadear, pero casi grito cuando la retiro del todo.

Señora Bennett.

La letra del tatuaje es preciosa, una que yo habría elegido si hubiera tenido la oportunidad. Pero no ha sido así.

Respiro con rabia hasta que estoy a punto de explotar. Pierdo la noción del tiempo mientras estoy ahí de pie y le doy vueltas a cómo manejar esto, pero lo único en lo que pienso es: «Puto Hayden».

Cuando el baño se llena de vapor y empiezo a sudar, suspiro en señal de derrota. No hay nada que pueda hacer con el tatuaje en este momento. Lo que *sí* puedo hacer es no darle a Hayden la satisfacción de saber que me molesta.

Cambio el apósito y me meto en la ducha. El agua caliente no consigue destensarme el cuerpo. Cuando termino, me envuelvo el torso con una toalla, mirando constantemente hacia la puerta. Aunque Hayden no me ha interrumpido, sigo esperando a que entre en el baño. Tener un momento en silencio no ha resultado ser tranquilo que digamos, pero cuando se trata de él, nada lo es.

Excepto cuando confiaba plenamente en él.

Suspiro con melancolía. Antes de saber que era mi acosador, estaba enamorada de él hasta la médula. Incluso ahora, tal vez sea un caso perdido, pero algo dentro de mí se aferra a mi independencia. Y él está tratando de despojarme de ella con la misma intensidad. Uno de los dos va a tener que ceder y tengo altas sospechas de que voy a ser yo.

¿Cómo se puede luchar contra un huracán sin que te arrastre y te ahogue?

Sacudo la cabeza ante mis pensamientos y me pongo ropa interior, además de unos pantalones cortos a juego con un top floral. Las finas tiras no me rozan la herida, una de las razones por las que lo elegí. La otra es evitar darle a Hayden ideas equivocadas si me visto con un picardías de seda. Ya de por sí no puede quitarme las manos de encima.

Frunzo el ceño al recordar que soy incapaz de decirle que no. Cada vez que ha incitado el sexo con un beso voraz o con una caricia suave, mi fortaleza se ha derretido como un copo de nieve en la palma de mi mano.

—¿Callie?

—Ya voy.

Giro el pomo y entro en la habitación de Hayden que está casi a oscuras. La única luz proviene de la luna, que envuelve al hombre de mis sueños y mis pesadillas entre las sombras. Está de pie frente a la ventana, con nada más que unos pantalones para dormir.

Aparto la mirada de su abdomen marcado y de las líneas que desaparecen por la cinturilla que le cae baja en las caderas. Los nervios me recorren los brazos como descargas eléctricas, y casi salto cuando Hayden me acerca a él. Con un gesto de cabeza, me planto donde estoy.

—Tenemos que hablar sobre algo.

Él enarca una ceja.

—No hemos hecho otra cosa excepto hablar en toda la noche.

—Lo sé, pero esto es importante para mí.

Hay un cambio sutil en su cuerpo, se ablanda un poco.

—Te escucho.

—Necesito que hagamos un tiempo muerto en el sexo.

El cambio en Hayden es inmediato. Entrecierra los ojos hasta que no son más que rendijas y toda su complexión se vuelve rígida de ira contenida.

—¿Qué es esto? ¿El puto pillapilla?

—No, no lo es. —Me rodeo con los brazos para hacerme fuerte contra las oleadas de ira que desprende—. Están pasando muchas cosas en mi vida ahora mismo, empezando contigo admitiendo que eres mi acosador y terminando con alguien que ha decidido asumir ese cargo enviándome mis bragas. Me preocupa no ser capaz de tomar decisiones lógicas mientras estemos acostándonos; que eso me nuble el juicio.

Inclina la cabeza con una expresión llena de incredulidad. Me muerdo el interior de la mejilla para evitar hablar y decir algo que pueda cabrearlo aún más.

—¿Qué decisión tienes que tomar? —pregunta, fingiendo estar tranquilo.

—Si puedo perdonarte por mentirme, sabiendo que vas a seguir haciéndolo.

—Vas a perdonarme. Solo es cuestión de tiempo.

Lo fulmino con la mirada, parte de la ansiedad que sentía la sustituye la ira.

—¿Cómo lo sabes?

—Porque tienes un corazón tierno y un alma bondadosa —responde—. Odiar no está en tu naturaleza. Al menos, no para siempre, o eso espero.

—¿Eso esperas?

Sacude una mano para restarle importancia, pero el movimiento es tan rígido que no puedo pasarlo por alto. Si no estuviera tan oscuro, sabría si me lo estoy imaginando o no.

—Aquí estaré el tiempo que haga falta hasta que me perdones —dice.

—Puedes esperar sentado.

Una sonrisa se apodera de él y el blanco de sus dientes atraviesa el espacio poco iluminado.

—Eso haré.

—Hayden, por favor. Necesito que te lo tomes en serio. No puedo acostarme contigo mientras tengo los sentimientos patas arriba.

«Y mientras estoy cabreada por este tatuaje».

—De acuerdo.

Entrecierro los ojos con desconfianza.

—Has dicho que sí demasiado rápido.

—No, para nada. Ya te he dicho que no tengo reparos en seducirte, y eso es justo lo que voy a hacer a partir de mañana. Si ya has terminado, me voy a dormir. Nuestro vuelo sale a primera hora.

Se acerca a la cama y retira el edredón para acomodarse en el colchón mirando al techo.

—Ven aquí.

Me quedo anclada en el sitio.

—No voy a ir.

Se mantiene quieto, pero fija su mirada en mí. Casi me estremezco ante la frialdad y la rudeza que esconde.

—No estoy de humor para juegos. Si no te metes en esta cama en menos de diez segundos, voy a ir a por ti. Y cuando te coja, te arrepentirás.

Con una indiferencia que no siento, pongo los ojos en blanco y me dirijo a la cama. Después de arrastrarme hasta el colchón para ocupar mi sitio junto a Hayden, me tumbo de lado, mirando hacia a él.

—Eres imbécil.

—Calista…

Cierro los ojos con fuerza, no sólo para mostrar mi intención de dormir, sino también para evitar esa mirada asesina. Incluso sin mirarle, siento que me quema la piel. Toda esta noche ha sido una gran lucha de voluntades y, ahora que se ha calmado, tengo tiempo para reflexionar. Por desgracia, no puedo mantenerme despierta el tiempo suficiente para hacer otra cosa que no sea reafirmar mentalmente mi postura sobre estas supuestas vacaciones.

No voy a ir.

Voy a ir.

Hayden me ha despertado esta mañana y ha cumplido su amenaza: me ha cargado en el hombro hasta la puerta. Solo ha parado para envolverme con su gabardina, después de que le gritara sobre lo inapropiado de mi atuendo y sobre cómo no quería que me vieran en pijama.

Tira bruscamente del cuello y me abrocha todos los botones hasta cubrirme desde el mentón hasta las rodillas.

—Te lo advertí.

—No pensé que en serio fueras a sacarme a rastras con este frío.

—No quería, pero si esa es la única forma de moverte, que así sea. ¿Vas a cooperar?

Lo fulmino con la mirada como respuesta.

—Como quieras. Llevo cuerda en el bolsillo, por si hace falta.

Hayden se abalanza sobre mí tan rápido que no puedo reaccionar. Con un gruñido, aterrizo sobre su hombro, con el pelo colgando a ambos lados de la cara. La piel del tatuaje me escuece y las mejillas me arden, no solo de vergüenza, sino de indignación. Levanto la pierna para darle un rodillazo en el pecho, y él me pasa el brazo por detrás de los muslos para impedirlo.

Luego me da una palmada en el culo.

—Ya está bien, Calista. Vamos a ir. Si intentas golpearme o gritar para pedir ayuda, te ataré y amordazaré tan rápido que te dará vueltas la cabeza. ¿Entendido?

Resoplo con indignación. Es lo mejor que puedo hacer con el orgullo hecho pedazos y el culo escocido. El pelo se me mueve de un lado a otro con cada uno de sus pasos y no me molesto en apartármelo del rostro. Agradezco que me tape la cara de vergüenza, aunque el personal del edificio sepa quién soy.

Hayden me deja en el coche que está esperando fuera y yo me abalanzo sobre los asientos de cuero, ansiosa por poner distancia entre los dos. Él sube detrás de mí, con una mirada divertida.

—Ponte el cinturón, Calista.

—Lo haré cuando quiera. —Inserto el cierre metálico en la hebilla—. Ya estoy.

Él sacude la cabeza y tuerce los labios.

—Qué cabezota eres.

Cuando el conductor dirige el vehículo hacia la carretera, miro por la ventanilla y veo pasar la ciudad, malhumorada e incapaz de disfrutar de la vista. Los ocasionales pitidos del claxon son los únicos que rompen el silencio. Al cabo de unos minutos, Hayden vuelve a hablar:

—Sé que estás molesta conmigo, pero con el tiempo entenderás por qué tengo que hacer esto.

Me quedo callada y me niego a responder o a mirarlo siquiera.

Él deja escapar un suspiro.

—¿Cuánto tiempo piensas comportarte así?

—¿Así, cómo? ¿Como una mujer a la que han secuestrado? —respondo cortante.

—«Secuestro» es una palabra muy fuerte.

—¿Cómo se le llama si no a que alguien tome a una persona por la fuerza y la meta en un coche con destino desconocido?

Expulsa el aire y, con el rabillo del ojo, veo que se pasa una mano por el pelo.

—Puedes elegir tomártelo así o puedes verlo como una forma de salvarte.

—No puedo huir de mis problemas y ya está —le dedico una mirada punzante—. ¿No es eso lo que me pedías? ¿Que dejara de huir?

—Esto es distinto. Además, no soy un desconocido. Soy la persona que antepondrá tu bienestar al de todos, incluso al mío.

Por fin me giro para mirarle. Su mirada encuentra la mía y una tormenta de emociones se agita en mi interior. Sus ojos reflejan la inquietud de los míos. Puede que estemos otra vez en un callejón sin salida, atrapados entre nuestros deseos contradictorios, pero no esperaba ver arrepentimiento en él. Es breve, no más que un destello. Sin embargo, me da esperanzas.

Tal vez Hayden entienda por lo que me está haciendo pasar. Si se pone en mi lugar, entonces tal vez podría hacerle entrar en razón.

Lo único que tengo que hacer es esperar el momento oportuno.

16

CALISTA

Un vuelo de ocho horas se hace largo, pero cuando viajas en jet privado, es difícil darse cuenta.

Pero yo sí. Tengo a Hayden al lado abrumándome con su intensa energía. Nuestros muslos se rozan de vez en cuando y me pregunta si estoy bien cada media hora. Me gustaría estar molesta por su atención, pero no puedo porque estoy cansada.

De todo.

Los motores del jet rugen y crean un continuo zumbido. No tardo en desplomarme en el lujoso asiento mientras miro por la ventanilla con los párpados pesados. El sueño me arrastra hasta que las únicas cosas de las que soy consciente son el aire acondicionado, que me roza las mejillas cada cierto tiempo, y el hombre que tengo al lado.

Dudo que alguna vez sea capaz de no notar la presencia de Hayden.

Es la razón por la que no grito cuando me agarra de las caderas y me coloca en su regazo.

—Shh, te tengo, cariño —me susurra en el pelo.

Me empuja suavemente la mejilla contra su pecho y coloca la barbilla sobre mi cabeza mientras me rodea la cintura con los brazos. El olor de su colonia, tan reconfortante como familiar, me rodea mientras el calor de su cuerpo se apodera de mis músculos, y me relaja. Instintivamente, me acurruco más, y hundo la cara en la curva de su cuello.

Ya me odiaré luego por esta muestra de vulnerabilidad. En este momento, he alcanzado un estado mental libre de ansiedad. La tensión que había antes entre nosotros ahora es inexistente mientras traza suaves patrones a lo largo de la parte baja de mi espalda y los latidos de su corazón reverberan contra mi oído.

Puede que Hayden no quiera quererme, pero estoy segura de que yo le quiero a él.

El traqueteo del avión me despierta.

Abro los ojos, presa del pánico, y me encuentro bien sujeta contra el pecho de Hayden, que me rodea la cintura con los brazos.

—No pasa nada —me susurra al oído—. Acabamos de aterrizar.

La neblina del sueño se disipa y la incertidumbre de la situación vuelve a apoderarse de mí. Me muevo ligeramente, intentando zafarme de su agarre. En respuesta, él me sujeta con más fuerza.

—Puedes soltarme ya —le digo.

—Lo sé, pero no quiero.

La azafata, que no sabía que había estado allí en todo el viaje, se abre paso por el pasillo.

—Bienvenidos a su destino señor y señora Cole.

Hayden se tensa contra mi espalda. Abro la boca para corregirla, pero la cierro de inmediato cuando me clava los dedos en el muslo. Le dedico una sonrisa empalagosa para hacerle ver mi desagrado ante su falta de tacto.

—Gracias —le dice a la mujer con un gesto educado. Luego se inclina hacia delante y me susurra al oído, lo suficientemente alto como para que ella lo escuche—: Ya puedes soltarme, cielo.

—Sin problema, querido.

Me aparto de su pecho con tanta fuerza que suelta un gruñido y me pongo de pie. Mi sonrisa deja claro lo rencorosa que soy, pero se borra en cuanto toco el suelo con los pies descalzos.

Como si no hubiera nada fuera de lo normal, Hayden se levanta lentamente, imperturbable, y se acomoda la camisa arrugada. Contra la que me he acurrucado durante casi ocho horas. Me mira con un brillo divertido en los ojos. Quiero borrarle esa cara de engreído de un manotazo.

Se acerca y me roza la oreja con los labios:

—Pórtate bien.

—Pues juega limpio.

—Nunca.

Saca su maleta, me coge de la mano y me lleva por el pasillo. Le dedico una sonrisa a los miembros de la tripulación mientras salimos del jet y subimos a un coche insulso. Esta vez conduce Hayden.

Me acomodo en el asiento del copiloto y me abrocho el cinturón antes de que me lo pida. Luego miro por la ventana y contemplo el colorido paisaje sin verlo en realidad.

Conducimos durante más de dos horas antes de llegar a un tranquilo puerto deportivo. Hayden aparca el coche y se baja sin decirme nada. No me queda más remedio que seguirle, mientras me abrazo por la cintura echando humo en silencio. Hay una suave brisa en el aire, que viene del agua justo enfrente, pero el cálido asfalto bajo mis pies descalzos me hace querer quitarme el abrigo.

No lo hago para no quedarme en pijama. Igual que con el tatuaje, no voy a darle la satisfacción a Hayden de saber que sus actos me molestan.

Al final de un largo muelle hay una elegante lancha motora. Un hombre con sombrero de paja, una camisa hawaiana y pantalones cortos color caqui se reclina en el asiento del conductor. Deja de roncar en cuanto Hayden se aclara la garganta.

—Señor y señora Cole —nos saluda el hombre—. Justo a tiempo. Soy Mateo.

Su mirada recorre rápidamente a Hayden, pero cuando se posa en mí, entrecierra los ojos. No sé si es de confusión o de crítica.

Me muerdo el labio para no poner los ojos en blanco, tanto por la falsa identidad como por el hecho de que Mateo no deja de mirarme. Hayden le lanza una mirada de advertencia que surte efecto.

El motor de la lancha se pone en marcha mientras Hayden se sube a ella y deja su maleta. Luego se vuelve para tenderme la mano. La cojo, pero rápidamente retiro el brazo para pasar junto a él y ocupar un asiento cerca de la parte trasera. Si le molesta mi actitud distante, no lo demuestra. Como de costumbre, Hayden se mantiene sereno y en control.

Mateo nos conduce hasta mar abierto. Se me cierran los ojos mientras el aire del mar me revuelve el pelo y me roza la cara. No esperaba que fuera tan refrescante. Cuando los abro, veo a Hayden mirándome fijamente, con una expresión peculiar en la cara. Antes de que pueda preguntarle, borra cualquier indicio del rostro.

—Ahí está —dice Mateo señalando al frente—. La casa del mar.

Sigo la dirección a la que apunta y abro los ojos de par en par con las vistas. Es una isla pequeña y frondosa, rodeada de palmeras de color esmeralda y de olas azul celeste. Supongo que Hayden no mentía.

Nos detenemos en lo que parece ser un muelle privado y Mateo asegura el barco antes de saltar para ayudarnos.

—¿Le llevo las maletas, señor?

Hayden niega con la cabeza. Mateo frunce el ceño, pero su expresión se cubre de emoción cuando Hayden le da un billete impoluto.

—Gracias, señor Cole —dice, y le tiende un manojo de llaves—. Traeré a una empleada para que limpie dos veces por semana, pero si necesita alguna visita adicional, por favor, llame al gerente del alojamiento y vendré a la mañana siguiente. A menos que se especifique lo contrario, la compra se entregará cada dos días. Encontrará el resto de la información en la carpeta que hay en la encimera de la cocina. Como siempre, es un placer servirle. —Se detiene y me mira—. Y a usted también, señora Cole.

Hayden y yo le damos las gracias antes de que me ayude a salir de la barca y a subir por un sinuoso sendero, el cual está bordeado de palmeras y arbustos salpicados de distintas flores. En la cima, hay una casa de playa que bien podría aparecer en una revista. Tiene enormes ventanales con vistas al océano, una terraza que rodea todo el edificio y un interior diáfano que puede verse a través de las grandes puertas de cristal.

Entramos y el aire fresco me roza las mejillas, una agradable tregua al calor. Me despojo enseguida del abrigo de Hayden y me lo cuelgo del brazo.

—Esto es precioso —murmuro. Son las primeras palabras que le dirijo a Hayden en horas.

—Me alegro de que te guste.

Hay un deje de alivio en su tono que me pilla por sorpresa. ¿Este hombre me ha secuestrado y traído aquí, pero le preocupa mi opinión sobre el lugar?

—¿Has estado aquí antes? —pregunto.

Hayden niega con la cabeza.

—Lo investigué a fondo. Aunque no lo creas, ha sido difícil encontrar este lugar. Teniendo en cuenta lo que cobran, uno podría pensar que tendría más publicidad. —Se encoge de hombros—. Supongo que la exclusividad tiene un precio.

—Mmm. Bueno, voy a echar un vistazo, a menos que te parezca mal.

—No. Ve, esta propiedad es segura. Lo verifiqué antes de llegar.

Aprieto los labios. Seguramente haya colocado cámaras y otras medidas de seguridad. No solo para garantizar mi protección, sino para asegurarse de que no me escapo.

Asiento y me doy una vuelta para explorar mi nueva cárcel. Me observa con cierta reticencia, pero no intenta frenarme. Sabia decisión. Después de todo lo que ha pasado estos últimos días, soy una bomba de relojería, lista para estallar con la mínima chispa.

Recorro las paredes y los muebles con los dedos mientras camino de una habitación a otra; todas ellas decoradas con un estilo costero y desenfadado a base de tonos beis y azules. Los ventanales del dormitorio principal ofrecen una vista impresionante del océano, y el cuarto de baño es digno de la realeza. Sin embargo, me alejo a toda prisa de este hermoso espacio. No me cabe duda de que Hayden quiere que durmamos aquí juntos, y eso es algo que prefiero no asimilar en este momento.

En un despacho situado en la parte trasera de la casa, me detengo junto a un rincón de lectura. Es acogedor. Me dejo caer en un asiento acolchado del tamaño de una cama individual que tiene varias almohadas mullidas situado junto a la ventana.

Tres de las cuatro paredes de esta habitación están cubiertas de estanterías. Me levanto de un salto con curiosidad por examinar los títulos. Hay una mezcla ecléctica de ficción contemporánea, no ficción, clásicos e incluso algunos libros infantiles. Paso los dedos por los lomos encuadernados en cuero y sonrío para mis adentros.

Mi sonrisa se desvanece cuando me invade la presencia de Hayden.

—Tenemos que hablar de varias cosas —me dice sin preámbulos. Me tenso ante su tono. Suena serio, casi militar—. Quiero establecer normas.

Me doy la vuelta para mirarle y me cruzo de brazos.

—¿Normas?

—Sí —responde—. Puedes disfrutar de la casa y de la playa durante el día, pero no quiero que salgas de noche.

La irritación me recorre la piel, pero me muerdo la lengua y hago un gesto para que continúe.

—No intentes abandonar la propiedad sin mí.

—¿Qué crees que voy a hacer, Hayden? ¿Empezar a nadar y rezar para conseguir escapar sin ahogarme antes? No soy idiota.

—No he dicho que lo seas. No quiero que trates de huir en el bote cuando nos traigan la compra. —Me fulmina con una mirada severa—. Ya he hablado con el servicio y no van a ayudarte. No hagas como si no lo hubieras pensado.

—Claro que lo he hecho, pero tampoco esperaba que me siguieran la corriente. Además, no tengo dinero ni móvil. Ni *ropa*. —Casi escupo la última palabra—. Y los necesitaría para viajar.

—Escucha, no quiero que haya ningún tipo de sorpresas mientras estamos aquí. Las detesto.

—Está bien —digo con voz tirante—. ¿Algo más?

Durante un minuto, no contesta. Quizá incluso durante más tiempo. Cuando lo hace, se le suaviza la mirada y se vuelve tan hermosa como el océano que tenemos fuera.

—Intenta divertirte, Callie. No quiero que estés triste mientras estamos aquí.

Le dirijo una mirada incrédula.

—Tienes que estar de broma.

Da un paso adelante, como si quisiera extender la mano y tocarme, pero se detiene cuando entrecierro los ojos. Suelta un suspiro de derrota que me estruja el corazón.

—Te veo en la cena.

Asiento levemente y dirijo mi atención hacia la ventana para ignorarle. Las olas ahí fuera se mecen con suavidad, pero podrían aumentar su fuerza y ahogar a cualquiera. Esa es mi relación con Hayden. A veces es bonita y otras veces amenaza con matarme.

Esa idea me llena de tristeza y rabia a partes iguales. Me envuelvo con los brazos y miro fijamente por la ventana, como si pudiera encontrar una solución en la arena de debajo. Presiono la frente contra el cristal, con las lágrimas escociéndome en los ojos.

¿Voy a ser capaz de superar esto sin perder la cabeza?

17

CALISTA

El sol brilla en lo más alto cuando salgo de mi bucle de autocompasión y camino hacia fuera, feliz de dejar a Hayden en casa. Estaba tecleando frenéticamente en su portátil cuando entré en la habitación, pero permaneció callado e inmóvil hasta que llegué a la puerta.

Sigo el camino de arena hasta un recóndito tramo de playa; respiro profundamente el aire salado y alejo parte de la tensión que siento en los hombros. Por primera vez desde que llegué, empiezo a relajarme. Hay una calma en este lugar a la que no soy inmune, independientemente de mis problemas personales.

Y no son pocos.

Sigo caminando por la playa de arena blanca hasta que el agua me cubre los dedos de los pies. Está más fría de lo que imaginaba, teniendo en cuenta el calor que me abrasa la piel. Me protejo los ojos de los inclementes rayos de sol y me quedo ahí de pie con las olas rompiéndome contra las piernas hasta que mi piel empieza a protestar.

Me acerco a la cabaña que he visto de camino hasta aquí. La estructura, enclavada en un palmeral cercano a la orilla, queda resguardada a la sombra. Del techo cuelga un columpio parecido al sillón del rincón de lectura de la biblioteca.

Me acomodo en el asiento mullido y me impulso con ambos pies; me balanceo suavemente mientras contemplo el agua centelleante. El sonido de las olas se mezcla con el susurro de las palmeras que se alzan y crean un ambiente tranquilo.

Me recuesto en los cojines, cierro los ojos y dejo que el suave movimiento del columpio me serene. Mi mente permanece en una calma absoluta y pierdo la noción del tiempo. Lo cual no importa, puesto que no tengo otro sitio adónde ir.

—Calista.

Me despierto sobresaltada por el sonido de Hayden diciendo mi nombre. El columpio está quieto, excepto por mi repentino movimiento, y el sol está mucho más bajo. Parpadeo para disipar la neblina del sueño y le miro. Se cierne sobre mí y la poca luz que queda perfila su cuerpo con un resplandor dorado.

Parece un ángel, etéreo y sobrenatural. La comparación no me sirve de consuelo. Antes de caer, Lucifer también era un ángel.

Me acomodo en el asiento, despacio.

—¿Qué pasa? —pregunto, incapaz de ocultar la sospecha en mi voz.

Si se da cuenta, no lo muestra. Mantiene una expresión sosegada.

—La cena está lista. —Me ruge el estómago al mencionar la comida, y se le dibuja una media sonrisa—. Vamos.

Me tiende la mano y vacilo en cogerla. Sigo desconfiando de este hombre. Me tiene bajo su control, me obliga a depender de él para todo.

Comida.

Techo.

Puta ropa interior.

—Tienes que comer —dice—. No me hagas repetírtelo, Callie.

Suspiro con frustración y me levanto del columpio. Deja caer la mano, pero no sin que sus ojos desprendan una intensa emoción que bien podría ser ira o dolor. No estoy segura.

La culpa intenta tomar el control mientras sigo a Hayden de vuelta a la casa, pero me apresuro a deshacerme de ella. Llegamos a la terraza donde nos espera una mesa iluminada por velas. Retira mi silla y me siento, demasiado consciente de su cercanía. De cada uno de sus movimientos. Siento una conexión con este hombre que no creía posible.

—*Linguini* de marisco —dice mientras toma su asiento y destapa la bandeja con la comida—. Me parece que es uno de tus platos favoritos.

—Lo es.

Las llamas de las velas titilan, instigadas por una brisa leve, y las sombras bailan por los rasgos de Hayden. Podría odiarle por ser tan guapo. Tan irresistible.

Nos sirve a los dos, llenando nuestros platos de pasta, gambas, vieiras y langosta, todo cubierto con una salsa de vino blanco. Agarro el tenedor e intento no hincarle el diente como una gaviota que ha encontrado un panecillo.

—Come, Callie. Sé que estás hambrienta.

Enrollo un poco de pasta con el tenedor y pruebo un bocado. El sabor es tan delicioso que me hace cerrar los ojos. Tenía razón: definitivamente, me encanta este plato. Se me escapa un gemidito. Abro los ojos de golpe y me muerdo el labio para evitar seguir haciendo más ruidos.

Pero el daño ya está hecho.

Hayden me clava la mirada con el tenedor suspendido en el aire y con los ojos centrados exclusivamente en mi boca, como si estuviera a punto de abalanzarse sobre mí. Y follarme encima de esta mesa.

Bajo la mirada. Empiezo a ruborizarme y no tiene nada que ver con el calor que hace.

—Está muy bueno. Gracias.

—Me alegro de que te guste —su voz suena gutural y tirante, como si lo estuvieran ahogando—. Puedes relajarte. No voy a tocarte.

A pesar de su promesa, no consigo creérmelo. Me mira con descaro, con hambre en la mirada, y no tengo el coraje de reprenderlo por ello. La última vez que lo hice, fue inútil. En todo caso, me puso aún más nerviosa.

Comemos en silencio durante un rato. En ese tiempo, como suficiente pasta como para que me dé un cólico y suficiente vino como para creerme invencible. Miro fijamente a Hayden y me pregunto si este era su plan desde el principio.

—¿Por qué me miras como si acabara de pegarle una patada a un cachorro? —me pregunta.

—Porque me siento bien.

Junta las cejas.

—¿Y eso es algo malo?

—Sí.

—Esto promete —murmura. Entonces, a un volumen normal, dice—: ¿Te importaría explicarte?

Respiro hondo para calmar mis nervios. El vino me ha soltado la lengua —tampoco es que necesitase mucha ayuda— y tengo que ser prudente.

—El problema no es sentirme bien, sino el motivo. —Le clavo una mirada punzante—. Esta cena encantadora, el vino, incluso el ambiente… todo lo has preparado tú.

Agarra su copa de vino y le da un sorbito, como si reflexionara sobre mis palabras.

—¿Y eso es un problema?

—Sí.

—¿Por qué?

—Por la dinámica de poder que hay aquí —hago un gesto entre nosotros—. Tú controlas todo… lo que como, dónde voy, todo. Mi felicidad depende por completo de lo que tú me des. Así que, incluso cuando me siento feliz, te lo debo a ti.

Hago una pausa y bebo un buen trago de vino para armarme de valor.

—No puedo negar que estoy agradecida por todo esto, pero la verdadera felicidad requiere de libertad y elección. Y ahora mismo, no tengo ninguna de las dos.

La expresión de Hayden se endurece. Bebe lentamente otro trago de su copa y me mira con un desinterés que me resulta desconcertante.

—Entiendo lo que dices, pero no voy a cambiar de opinión.

La frustración serpentea por mi interior y se filtra en mis palabras, que se vuelven temblorosas.

—Eres un dictador.

Se burla.

—No seas dramática. No te tengo encarcelada. Te estoy protegiendo. Cuando todo esto acabe, podrás ser tan libre como un pájaro. *Mi* pajarito.

La forma en que lo dice me recuerda a la noche en que me rendí a él. Antes de saber que era un acosador, antes de saber que dominaría mi vida.

Antes de enamorarme de él.

Me levanto.

—Deberías confiar en mí lo suficiente como para saber que nunca me pondría en peligro a propósito.

Hayden deja el vaso con un golpe seco y con la mirada resplandeciente.

—¡Nada de eso importará si estás muerta!

Golpea la mesa con las manos y se levanta, lo que hace que me sobresalte. Se inclina hacia delante con los orificios nasales abiertos por la ira, su voz es un gruñido grave.

—Ya te he dicho esto más de una vez y esta noche será la última que lo haga: voy a hacer todo lo que sea necesario para mantenerte a salvo, aunque me odies por ello.

Sin decir nada más, se da la vuelta y se dirige a la puerta a grandes zancadas hasta que desaparece en el interior. Me tiemblan las piernas y me veo obligada a recostarme en la silla. Miro hacia donde se ha ido, sola y temblando por la intensidad de nuestra conversación. *Pelea*, mejor dicho.

Ojalá me sintiera mejor por haberme enfrentado a Hayden, pero lo único que me queda tras el acalorado enfrentamiento es dolor.

Me duele el corazón, que me oprime el pecho como si lo llevara encaramado a las costillas. Cuando separo los dedos de las manos, me quedo mirando las hendiduras en forma de media luna que tengo en las palmas, rojas y punzantes. El pinchazo pasará, pero ¿esta tensión con Hayden?

Si me sigue cortando las alas, tal vez no pueda volar, pero saldré corriendo.

Esta vez para siempre.

18

HAYDEN

Me dirijo furioso hacia el despacho y cierro de un portazo detrás de mí. Me dejo caer sobre el asiento de cuero acolchado, cojo mi portátil y lo enciendo. La pantalla se ilumina. Demasiado agitado como para quedarme ahí esperando a que se complete el proceso, agarro el teléfono y lo desbloqueo para llamar a Zack.

Si Calista no se toma el peligro en serio, no me queda más remedio que demostrárselo.

—Mi capitán —me saluda el *hacker*, con voz animada—. ¿En qué puedo ayudarte?

—Quiero una actualización del caso de Calista.

—En primer lugar: no he podido encontrarle trapos sucios al padre. Si tenía algún negocio turbio, los enterró tan hondo que no voy a ser capaz de encontrarlos sin una pista o un punto de partida. En segundo lugar: el paquete que recibió la señorita Green fue redirigido en varias ocasiones antes de acabar en la empresa de paquetería final. Quienquiera que lo enviara no quería que nadie supiera su procedencia.

Dejo escapar un suspiro.

—¡Maldita sea!

—Te entiendo. Incluso encargué a Sebastian que tuviera una «conversación amistosa» con el mensajero, pero no sabía nada sobre la caja ni de dónde provenía. Es un callejón sin salida.

—¿Y qué hay de la nota de dentro?

Zack refunfuña.

—Que conste que «¿Es edre etsas tinta doll?» es un juego de palabras estúpido.

—¿Te has estancado en eso?

—No exactamente. Empecé con la frase en sí misma. «Doll» significa «muñeca» en inglés. «¿Es edre etsas tinta muñeca?» ¿Quién es una muñeca? He investigado sobre los distintos usos de la palabra «tinta», los diferentes tipos de materiales que se han usado para fabricarla a lo largo de la historia, e incluso llegué a probar la tinta empleada en la propia nota.

—¿Y nada?

—Eso es —murmura, la frustración se cuela en su voz—. Luego separé cada palabra y las comparé una por una. «Etsas» está mal escrito, y creí que a propósito, por lo que reordené las letras para formar palabras y frases. Al final, menuda chorrada. En serio, ¿quién manda una nana para amenazar de muerte?

Me tenso en la silla, dispuesto a terminar la llamada cuando mi instinto me insta a que vuelva con Calista. Lo único en lo que puedo pensar es que su vida corre peligro, pero oír a Zack hablar de ello me revuelve las entrañas de miedo y de rabia. Me fuerzo a relajar los músculos y me reclino en el asiento.

Zack continúa, ajeno a mi nerviosismo.

—Si se reordena «Es edre etsas tinta doll», sale «Estrellita, dónde estás». Es una traducción de un texto de Jane Taylor, quien nació en 1783 y murió en 1824. No se preocupe, general, he comprobado las fechas y nada. De todos modos, la letra proviene de un poema del siglo XIX que probablemente sea otro callejón sin salida. Yo...

—¡Espera! —mi grito deja a Zack en silencio, mientras en mi cabeza los pensamientos retumban como explosiones de bombas—.

«Estrellita, dónde estás» —mi voz no suena más alto que un suspiro mientras caigo en la cuenta. La idea empieza a tomar forma cuando me acuerdo de la pastilla que tengo en el escritorio de mi despacho, la que tiene una estrella en el centro—. La droga de sumisión química lleva el símbolo de una estrella.

—Maldita sea —dice Zack—. Voy a revisar de nuevo la lista de compañías farmacéuticas teniendo en cuenta esta información. Con esto puedo hacerme una mejor idea de cuándo llegó este compuesto a las calles. —Hace una pausa e interrumpe mis cavilaciones con una pequeña tos cuando me quedo en silencio—. Me pongo con ello de inmediato, señor.

—Gracias.

—Hablamos pronto.

Cuelgo el teléfono y me quedo con la mirada perdida. Quienquiera que le mandara esa nota a Calista no solo ha confirmado mis sospechas sobre la conexión entre los casos. Esta persona se ha asegurado de que me entere, joder. También ha confirmado que es la responsable del envío.

Y de la muerte de mi madre.

El hecho de que se lo haya mandado precisamente a Calista me dice que quiere que sepa que la tienen en el punto de mira. Es más que una táctica para asustarla, es una advertencia.

Traerla aquí, literalmente pataleando y protestando, ha sido lo correcto. Siempre he sabido en mi interior que las decisiones que he tomado para proteger a Calista han sido extremas, incluso irracionales a veces, ¿pero ahora? Están completamente justificadas.

Bloqueo la pantalla del teléfono, lo lanzo sobre el escritorio y me pongo de pie. Pensar en Calista me empuja a estar con ella. Necesito abrazarla, aunque sea solo por un momento.

Mis pasos hacen eco en el pasillo, los zapatos marcan una cadencia casi militar. Desde luego, me siento como si estuviera en guerra. No solo contra esta amenaza desconocida, sino contra la propia Calista.

Me acerco al dormitorio principal y agarro el pomo para abrir la puerta. La habitación está poco iluminada, con la luz de una lámpara de conchas marinas que proyecta un destello cálido y acogedor. Localizo a Calista de inmediato en el cuarto de baño, con una toalla azul claro envolviendo su cuerpo. Tiene el pelo húmedo de la ducha y gotas de agua esparcidas por el pecho. Cuando se gira para mirarme, brillan como diamantes y atraen mi mirada hacia sus pechos.

Abre los labios con un grito ahogado y da un paso atrás.

—¿Qué pasa?

—Hola —digo con voz suave—. No quería asustarte. Quería asegurarme de que estás bien.

Me clava los ojos, que se vuelven del color del oro fundido. Me contengo de agarrarla y estrecharla entre mis brazos. Dios, solo de verla...

Ella endereza los hombros y me sostiene la mirada con una mezcla de recelo y curiosidad.

—Te lo agradezco, pero estoy bien.

Nos quedamos en silencio, yo estudiando a Calista y ella juzgándome a mí. Me paso una mano por el pelo, para intentar deshacerme del terror que se apodera de mí cada vez que pienso en que le hagan daño.

—Acabo de hablar con la persona que contraté para descifrar la nota —le digo—. Ha confirmado que se trata de una amenaza de muerte y no simplemente de una advertencia.

El rubor que le dejó la ducha caliente se desvanece de sus mejillas.

—¿Estás seguro?

Asiento.

—Se traduce como «estrella», el símbolo que hay en las pastillas que tomó mi madre antes de morir de sobredosis.

—Hayden... —Traga y el movimiento de su garganta capta mi atención. Es delicada y muy frágil—. ¿Y ahora qué?

—Zack va a seguir buscando respuestas.

—¿Por qué iba a querer alguien hacerme daño?

—Si lo supiera, ya me hubiera encargado de esa persona. —Me apoyo sobre el marco de la puerta y me cruzo de brazos para evitar atraparla entre ellos—. Eso no quiere decir que no vaya a hacerlo. Hasta entonces…

Ella desvía la mirada.

—Hasta entonces, nos quedaremos aquí.

—Callie…

—Sé por qué haces esto, pero eso no hace que esté bien.

—Esté bien o mal, no puedo perderte.

Ella suspira y deja caer los hombros.

—Solo tú puedes convertir el amor en algo disfuncional.

—¿Tienes idea del efecto que tienes sobre mí? —En mi voz se refleja la desesperación que siento por ella, pero no encuentro fuerzas como para que me importe.

Ella se agarra más fuerte de la toalla y clava los dedos en el material esponjoso mientras sacude la cabeza, todavía mirando al suelo. Me acerco a ella, le paso la mano por la nuca y la obligo a mirarme a los ojos mientras le desnudo mi alma.

—Solo te veo a ti. Solo te deseo a ti. Cuando no estoy contigo, no puedo pensar. Me has destrozado, joder, pero no me importa. No si eso significa que puedo tenerte.

Se le corta la respiración y se le dilatan las pupilas, lo que deja al descubierto miedo, rabia y confusión. Debajo de todo eso hay una chispa de deseo. Quiero avivarla hasta que se convierta en una llama que arda con fuerza y se convierta en un infierno. Ella lo desea tanto como yo, por mucho que intente resistirse.

—Hayden… —Levanta las manos y me coloca las palmas en el pecho—. No puedo hacer esto ahora mismo.

—No luches contra esto. No luches contra *nosotros*.

19

HAYDEN

Se le escapa una lágrima que le baja por la mejilla. Me inclino para atraparla con los labios y noto el sabor salado en la lengua. Ella tiembla contra mí y retuerce los dedos contra el material de mi camisa. ¿Quiere acercarme o alejarme?

Inhalo despacio mientras lucho contra el impulso primario de tomar lo que quiero. La razón me sugiere que espere. Solo es cuestión de tiempo que se quede embarazada. Conociéndola como la conozco, tener a mi hijo ablandará su actitud conmigo. Y sus instintos protectores se activarán cuando se dé cuenta de su estado. Eso debería hacer que cumpla mis normas de seguridad.

Me tiemblan las manos por lo mucho que la necesito. Se rodea la cintura con los brazos, parece pequeña y vulnerable. Y lo es.

—Tengo algo para ti —le digo. Espero a que me haga un comentario sarcástico sobre el tatuaje. Seguro que ya se ha dado cuenta. Puede que Calista esté estresada, pero sigue teniendo los pies en la tierra.

Levanta la cabeza y me busca la mirada.

—Ah, ¿sí?

Asiento, e ignoro el pinchazo de decepción cuando no dice nada sobre el tatuaje.

—He estado esperando el momento adecuado para dártelo, pero creo que lo necesitas ahora.

Ella me observa mientras camino hacia mi maleta y la abro. Vuelvo junto a Calista con la caja de terciopelo en la mano. Sus ojos se abren de par en par al verla, pero no dice nada.

—Este no es un regalo común, porque ya era tuyo —explico—, pero sé que lo quieres de todas formas. —Abro la caja y dejo al descubierto el collar de perlas que hay dentro—. Están todas y cada una de ellas. Sesenta y cuatro en total.

Calista inhala bruscamente y se tapa la boca con una mano temblorosa.

—¿Es mi...? —Cuando asiento, las lágrimas que brillaban en sus ojos empiezan a rodar. Ella sorbe y se limpia las mejillas, pero no agarra el collar.

Extiendo el brazo para acercar la joya, instándola a que la coja.

—Yo fui quien lo rompió, así que tenía que ser quien lo reparase.

Cuando se queda de piedra, saco con cuidado las perlas de la caja y me coloco detrás de ella. Tiembla cuando le paso el pelo por encima del hombro. Me inclino y le doy un beso en el cuello, aprovechándome de su estado de shock. Cuando cierro el broche, la agarro por los hombros y la giro lentamente para que me mire.

—Siento habértelo robado.

Su mirada se posa en la mía.

—¿Te estás disculpando, Hayden Bennett? Creo que nunca te había oído hacerlo antes.

La fulmino con la mirada, pero sin emoción.

—No te acostumbres.

—No se me ocurriría. —Pasa los dedos por el collar, y esboza una pequeña sonrisa—. Gracias. No sabes lo que significa para mí. Me lo regaló mi padre.

Al mencionar a su padre, se me revuelven las tripas.

—Entonces es especial.

Asiente, y su expresión se vuelve pensativa.

—¿Cómo sabías el número exacto de perlas?

—Las conté la noche en la que te lo robé. —Cuando tuerce el gesto, confundida, me encojo de hombros—. Al final me sirvió.

—Mmm —dice, y el sonido está cargado de duda—. Lo que me sorprende es que las contaras.

—Yo siempre voy a ocuparme de lo que es importante para ti, hasta de memorizar detalles intrascendentes.

Alargo la mano y trazo la curva del collar, observando cómo se acelera su pulso. Inspira con fuerza, pero no se aparta. Me envalentono y deslizo la mano hasta agarrarle la nuca por debajo de las perlas. Nuestras miradas se cruzan y el aire se llena de tensión sexual.

Y de conexión emocional.

—Lo eres todo para mí —digo—. Eso nunca va a cambiar, no importa cuánto discutamos.

—Empiezo a creer que es verdad.

Antes de que pueda responder, se pone de puntillas y me roza los labios. En mi opinión, termina demasiado pronto, pero me abstengo de agarrarla. Calista casi nunca me muestra afecto y no quiero hacer nada que la disuada de hacerlo.

No hace falta ser un genio para saber que meterle la polla en la boca podría cabrearla.

Aprieto los dedos contra su cuello y reprimo las ganas de besarla, de terminar lo que ha empezado. Lo que acaba de hacer es una puta provocación que me ha acelerado el pulso y me ha puesto la polla dura. Siento una frustración sexual sin precedentes.

Calista abre los ojos, llenos de emoción.

—Gracias por el collar. Lo echaba muchísimo de menos.

Siento su pulso palpitar contra mis dedos, acelerado por la confesión. Las perlas permanecen inmóviles contra mi mano, frías y suaves al tacto, pero el calor de la piel de Calista ya ha empezado a calentarlas. El rubor que tiñe ahora sus mejillas no es por gratitud.

Es por el efecto que tengo sobre ella.

Es hora de usarlo en mi beneficio, y de paso, satisfacerla a ella también.

—De nada —respondo.

—Ya que estás tan generoso, me gustaría pedirte otro regalo.

—No hace falta que me pidas que haga que te corras.

Se queda boquiabierta.

—No me refería a eso.

—Una pena.

—Quería pedirte ropa —dice. Cuando niego con la cabeza, ella frunce el ceño—. ¿Por qué no?

—Ya sabes por qué. Te dije que hicieras las maletas y te negaste. Estas son las consecuencias de tus actos. O de no hacer nada, para ser exactos. No sé cuántas veces voy a tener que demostrarte que todo lo que digo va en serio.

Calista se zafa de mi agarre, con los ojos entrecerrados y el pecho agitado. La toalla se desliza unos centímetros hacia abajo y yo sigo el movimiento con la mirada. Se sube la toalla con un resoplido cuando nota que mi mirada se desvía hacia abajo.

—Eres insufrible —me dice, con los ojos castaños iluminados por el enfado—. Esto no tiene ningún sentido.

Me cruzo de brazos.

—En la vida hay que tomar decisiones. Tú ya has tomado una, ahora te toca la siguiente. Depende de ti llevar puesto el pijama todos los días o nada en absoluto. Supongo que la toalla también es una opción.

Sus delicados orificios nasales se agitan justo antes de arrancarse el material del cuerpo. Parpadeo sorprendido. Pero también por la imagen que tengo ante mí.

Ver a Calista desnuda haría arrodillarse a cualquier hombre.

Me fijo en la gasa que cubre su tatuaje antes de encontrarme con su mirada. Se enciende con el calor de la rabia y encarna una ceja. Veo que me está retando y casi me hace sonreír.

Mi pajarito no ha dicho nada del tatuaje a propósito. Interesante...

—Tienes razón —responde cortante—. Puedo elegir.

—Me gusta esta elección.

Ella da un paso atrás, hasta donde no puedo alcanzarla.

—Seguro que sí. ¿Es posible que duerma en otra habitación o vas a...?

—¿Forzar la cerradura? Sí, lo haré. Tú duermes conmigo. Esa *no* es una opción.

—Lo imaginaba.

Calista hierve de furia. Se nota en la forma en que tira del edredón y luego de las sábanas. Golpea la almohada varias veces mientras murmura para sí misma antes de acomodarse sobre el colchón y cubrirse el cuerpo.

No me molesto en disimular mi sonrisa. Su espíritu salvaje es una de las cosas que más me gustan de ella.

—Buenas noches, Callie.

—Vete al infierno, Hayden.

Apaga la lámpara, sumiendo la habitación en la oscuridad, y mi risa resuena a nuestro alrededor.

20

CALISTA

La venganza es un plato que se sirve frío. Y desnudo.

A menos que un collar de perlas cuente como prenda, que lo dudo.

Después de la conversación de anoche con Hayden, he llegado a una conclusión: si cree necesario privarme de ropa, entonces iré sin nada.

No me molesto en coger mi pijama de la secadora. En lugar de eso, me paseo por la casa al día siguiente como si no hubiera nada fuera de lo común, ignorando la elegante escritura que llevo en la cadera.

—Buenos días —digo, entrando en la cocina con el pelo suelto.

Hayden se queda con la taza de café a medio camino hacia su boca. Me recorre todo el cuerpo con la mirada en un lento escrutinio que hace que se me erice la piel. Para cuando vuelve a mirarme a la cara, siento como si me hubiera acariciado todo el cuerpo. Intento no sonrojarme.

—¿Qué hay para desayunar? —pregunto.

—Coño.

Le pongo mala cara, aunque por dentro estoy temblando. Le doy la espalda —lo cual no es la decisión más inteligente cuando se trata de Hayden—, abro la nevera y cojo el zumo de naranja. Después de servirme en un vaso, me siento frente a él en la mesa del comedor.

—¿Qué planes tienes para hoy? —pregunto.

Observo a Hayden por encima del borde del vaso en un intento por descifrar su humor. Estaba muy tenso cuando he entrado en la habitación, pero era de esperar. Ahora que sabe a qué juego, se echa hacia atrás en la silla, con postura relajada. No soy tan ingenua como para pensar que no va a intentar algo para ganar ventaja. Ojalá supiera qué es.

Deja escapar un suspiro y sacude la cabeza, luego deja el café en la mesa.

—Tengo muchos expedientes de casos en los que trabajar.

—Ah, vale, no sabía que seguías trabajando.

—Tengo que trabajar en remoto, o no tendré trabajo alguno cuando vuelva.

—Claro.

Siento una punzada de decepción y me muerdo el labio. No quiero depender de él para nada, pero la idea de pasar día tras día sola en este lugar me provoca un escalofrío.

—Deja de morderte el labio —dice.

Obedezco para no provocarlo más de lo que ya lo he hecho.

—Espera aquí.

Le observo con el ceño fruncido mientras se levanta y se marcha de la habitación. Vuelve con un paquete gigante, rematado con un lazo rojo. Lo deja en la mesa y lo empuja hacia mí con gesto serio.

—Para ti.

—¿Otro regalo? —pregunto. Cuando asiente, me señalo el collar de perlas del cuello—. Pero ya me has dado uno.

—¿Hay algún número establecido de regalos que se pueden hacer?

Sacudo la cabeza.

—Supongo que no.

—Ábrelo, Callie.

La duda me asalta y choca con la excitación. No me fío de las intenciones detrás de los regalos de Hayden. Está claro que intenta remendar la grieta que hay entre nosotros con regalos materiales, ya que se niega a ceder en el motivo principal del problema. Si lo acepto, ¿acaso le estoy dando a entender que estoy de acuerdo con la forma en que lo está gestionando todo?

Echo un vistazo a Hayden y me encuentro con una expresión serena. Excepto por la chispa de ilusión que tiene en la mirada. Eso me calienta un poco el corazón. Suspiro, deshago el lazo y abro la caja. En el interior hay un portátil elegante. Por lo que parece, de gama alta y el último modelo.

—¿Para qué es esto? —pregunto.

—Para la universidad. Puedes usarlo para inscribirte y para las clases cuando empiecen. Te di mi palabra de que te apoyaría, ¿recuerdas?

Bajo la mirada y recorro la caja metálica con el dedo índice.

—Sí.

—No te gusta —suena seco, duro—. ¿Hay algún problema?

—Me encanta.

—Entonces, ¿qué ocurre?

Este portátil haría que el tiempo aquí fuera más soportable. Al darme acceso a la universidad, no solo está cumpliendo lo prometido, sino que me está ofreciendo una forma de relacionarme con el mundo exterior. Sin embargo, usar este regalo me haría sentir que estoy aceptando esta situación.

—Es un regalo muy considerado —digo despacio y manteniendo la mirada baja—. Y tienes razón, tener un portátil me sería de gran ayuda. Pero… es que yo… no puedo aceptarlo.

Aunque no estoy mirándolo directamente a él, me doy cuenta de cómo tensa el cuerpo. Permanece callado y la tensión va en aumento con cada segundo que pasa. Hace que me revuelva en el asiento hasta que encuentro el valor para mirarlo a los ojos.

—¿Por qué no puedes aceptarlo? —me pregunta con una voz peligrosamente suave.

Me muerdo ligeramente el interior de la mejilla y elijo cuidadosamente mis palabras:

—Porque me hace sentir incómoda, dada nuestra situación.

—¿Nuestra situación? ¿Te refieres a aquella en la que yo te doy todo lo que puedas desear o necesitar?

—Salvo ropa —murmuro.

—Señora Bennett...

Casi me estremezco al oír ese nombre. Y por la advertencia que hay detrás.

—Por una vez, ¿puedes intentar entender mi punto de vista?

—Si sintieras por mí lo que yo siento por ti, esto no habría que discutirlo si quiera. —Apoya los antebrazos en la mesa, con las cejas fruncidas—. Ahora me perteneces. Me tomo en serio tus necesidades y deseos. Me duele negarte las cosas. ¿No lo entiendes? Verte disgustada es lo último que quiero.

Doy un respingo ante la sinceridad de sus palabras.

—Hayden, por favor.

—Estoy harto de esta discusión. Tira el ordenador al puto océano si quieres, pero no vas a usar el mío.

Se pone en pie y se marcha, y me deja boquiabierta.

No sé cuánto tiempo paso ahí sentada y en silencio, pero al final me levanto y salgo afuera. El sol brilla con fuerza mientras camino hacia la cabaña con una suave brisa que me besa la piel desnuda. Sacudo la cabeza. Hayden ha vuelto a ganar. En lugar de taparme la entrepierna, me protejo el tatuaje del sol porque no quiero que se estropee.

Me acurruco en el columpio, recojo las piernas y me apoyo el portátil en los muslos. Pienso en la expresión dolida de Hayden mientras miro fijamente la pantalla, incapaz de concentrarme.

—Él también te ha hecho daño —murmuro.

Aunque mi justificación no calma el sentimiento de culpa, me niego a acudir a él. Tenemos formas distintas de ver la realidad, y creo que él nunca va a ver las cosas desde mi perspectiva. Ahora mismo, no puedo hacer nada al respecto. Sin embargo, puedo elegir mantener mi promesa de cuidar de mí misma y de mi futuro.

Suspiro y enciendo el ordenador. Hace un ruido y, cuando se enciende, aparece una foto. Mía. La foto en blanco y negro que cuelga en la habitación de Hayden me devuelve la mirada.

—Romántico, pero espeluznante —me digo a mí misma—. Un buen resumen de mi vida amorosa.

A un lado de la pantalla de inicio hay una nota adhesiva de color amarillo chillón. Contiene los datos de acceso. *Mis* datos de acceso. Me quedo paralizada cuando en mi subconsciente se abre paso una ligera sospecha.

Me tiemblan un poco los dedos mientras me conecto a la red wifi que ha instalado Hayden. Este portátil es mi única fuente de comunicación con cualquiera fuera de esta isla, pero dudo que me lo haya puesto tan fácil. Conociendo a mi acosador, va a controlar todo lo que veo y hago.

«¡Yuju!».

—La única página a la que tengo acceso es la de la universidad, vaya sorpresa —digo poniendo los ojos en blanco—. Pues te fastidias porque Harper también estudia en Columbia.

Introduzco las credenciales de la nota para acceder al registro de estudiantes y veo que mi perfil está totalmente cumplimentado. Lo único que falta es la especialidad y las clases que voy a elegir.

Me dejo caer sobre los cojines y me quedo mirando la web, con el pecho agitado por la emoción. Por un lado, es muy considerado que Hayden haya tomado la iniciativa. Por otro, es muy molesto que no me deje hacer las cosas por mí misma. Me sorprende que no me haya elegido el horario de clases.

Si lo hubiera hecho, definitivamente hubiera lanzado el portátil al agua.

Decido ser productiva, vuelvo a sentarme y navego por la página. Durante más de una hora, repaso la descripción de los distintos cursos y las diferentes vías para conseguir el título. Antes de la muerte prematura de mi padre, estudiaba Comunicación.

¿Sigue siendo algo a lo que quiero dedicarme?

Selecciono una mezcla de clases de formación general que me parecen interesantes, junto con algunas asignaturas troncales que podrían servir para cualquier especialidad. Literatura, Cálculo II, Sociología y Psicología. Me río para mis adentros. Tal vez si me apunto a esa asignatura, pueda explicar por qué Hayden está tan jodido.

¿Y en qué lugar me deja eso a mí?

Una vez completa la inscripción, recorro el apartado de estudiante y selecciono el nombre de Harper para iniciar una conversación en el chat. No creo que conteste, pero sería genial saber de ella si, por casualidad, revisa los mensajes.

> **Calista:** ¡Hola! Adivina quién se ha matriculado para el segundo semestre. :)

Cierro el portátil, lo dejo a un lado y me acurruco sobre el montón de almohadas. Entre la energía que he gastado decidiéndome y el sopor que me produce el calor de la tarde, suelto un bostezo. El sueño me arrastra. No es de extrañar, teniendo en cuenta el tiempo que tardé anoche en quedarme dormida.

Me quedé esperando que Hayden intentara seducirme.

Como estaba recién duchada y desnuda en su cama, era lo lógico. Pero me sorprendió. Sí, me agarró y me apretó contra su cuerpo, mientras me rodeaba el tronco con el brazo para que no pudiera escapar, pero eso fue todo. A menos que cuente el beso tan dulce que me dio en la coronilla, que no es el caso.

Mientras empiezo a divagar, mis pensamientos siguen girando en torno a Hayden. Quiero compartir con él mi decisión de estudiar Sociología y mi nuevo horario de clases. Quiero saber lo que piensa y expresarle mi entusiasmo por volver a la universidad. Pero hay algo que me lo impide.

Me quedo dormida antes de que se me ocurra una razón.

21

CALISTA

Me despierta una suave caricia. Siento una leve presión en ambos tobillos antes de que dos manos me recorran desde gemelos hasta los muslos. Abro los ojos y me encuentro a Hayden de rodillas frente al columpio. Le brilla la mirada de determinación.

Grito de asombro cuando me abre la piernas de golpe.

—¿Hayden? —digo jadeando y... ¿excitada?

Él se inclina hacia delante. Me mantiene sujeta, con ambas manos en la parte interna de los muslo para evitar que lo rechace.

Mantiene la mirada fija en la mía mientras agacha la cabeza y me envuelve el clítoris con los labios. Me hace gemir cuando lo atrapa con la presión justa, mientras dibuja círculos con la lengua alrededor de la pequeña porción de piel.

Su boca me consume con ansia mientras sube las manos para agarrarme de las caderas y acercarme más a él. Me explora con la lengua sin piedad, y me devora hasta que gimo y me retuerzo debajo de él; quiero acercarme aún más. Su agarre se vuelve más firme y me deja marcas mientras intenta inmovilizarme.

Se mueve arriba y abajo, provocándome con caricias suaves y aumentando la intensidad hasta que jadeo pidiendo más. Aprieto las manos en puños para intentar sujetarme a algo firme y no perder el control por el placer. Le agarro del pelo y lo acerco de un tirón. El aumento de la presión de su boca me hace gemir.

Al final, cuando pienso que no puedo más, me introduce dos dedos y empieza a penetrarme siguiendo el ritmo de los movimientos de su boca. La combinación es abrumadora. Grito mientras un orgasmo me azota como las olas que se estrellan contra las rocas en la orilla. Todo mi cuerpo se estremece sin control mientras Hayden sigue besándome y lamiéndome hasta dejarme sin fuerzas por el placer.

Me besa el tatuaje antes de deslizarse por mi cuerpo y volver a posicionar nuestros rostros a la misma altura. Tiene los labios a escasos centímetros de los míos, su aliento recorre mi piel como una brisa de verano antes de apretarlos contra los míos en un beso apasionado que me hace temblar de deseo.

Y, luego, se marcha.

Harper: Hola, perdida. No tengo muy claro por qué estás escribiéndome por el chat de la universidad, pero guay. Este es mi horario. Mira si tenemos alguna clase juntas. Si no, ponle remedio ;)

Calista: ¡Hola! Nos vemos por Psicología.

Harper: Genial. Igual así encontramos la razón de por qué Hayden te tiene tan a-polla-rdada.

Calista: *ojos en blanco* Le dijo la sartén al cazo.

Harper: Jaja. Cierto. En fin, ¿cuándo vuelves? No sé si debería preguntar, pero... ¿alguna novedad sobre la caja misteriosa?

Calista: No sé cuándo volveré a casa. Y no demasiada. Hayden está convencido de que estoy en peligro y de que alguien está tratando de mandarme un mensaje. No tengo ni idea de por qué estoy involucrada. ¿Puedo pedirte un favor?

Harper: Obvio. Dime.

Calista: ¿Puedes preguntarle a tu madre si alguna vez se ha cruzado con un fármaco que tenga el símbolo de una estrella? Hayden cree que puede ser una pista.

Harper: Le pregunto. Bueno, tengo que irme. Escríbeme mañana. Bss.

Calista: Lo haré. Bss.

Hablo todos los días con Harper.

Y, todos los días, Hayden me devora cuando menos me lo espero.

No sé cuántos orgasmos más podré soportar… dijo ninguna mujer nunca. Pero esta atención constante por su parte está empezando a desgastarme emocionalmente. Me ha comido el coño en la cabaña, me ha masturbado en la playa y me ha cenado *a mí* en la mesa del comedor. Me dijo: «Sabes mejor que ningún puto postre. Y más dulce también».

Y esos solo son los momentos más destacados de su cruzada de seducción.

En Nueva York, le dije que nada de sexo, y no ha intentado acostarse conmigo ni una vez. ¿Cómo se supone que voy a enfadarme con Hayden si está respetando los límites que tracé?

Cuando intenté argumentar que el sexo oral estaba incluido en la norma, me dijo que no lo había especificado en el contrato verbal, por lo que no tenía obligación de acatarlo.

«Abogados», digo para mí misma, y sacudo la cabeza ante sus excentricidades.

El agua de la ducha sigue cayendo contra mi piel y me limpia la arena y el agua salada del chapuzón que me di antes. Me tomo mi tiempo para lavarme el pelo y el cuerpo, disfrutando de mi soledad para organizarme las ideas antes de cenar con Hayden. Se me endurecen los pezones de inmediato y el calor se concentra en mi vientre.

Hayden es como una droga. Me eleva a lo más alto que he estado nunca, una experiencia extrasensorial incomparable, y, al igual que una adicción, no puedo pensar en él sin desearle, sin anhelar otra dosis de éxtasis, otro chute.

Cierro los ojos y deslizo la mano entre mis piernas para acariciarme el clítoris. El placer es inmediato y aprieto los dientes, conteniendo un gemido. Hayden cumplió su palabra: ha acabado conmigo. Con solo pensar en él ya estoy excitada, mojada y deseando que me penetre.

—¿Qué estás haciendo, Callie?

Al oír su voz, dejo los dedos quietos y abro los ojos. Hayden está de pie en la puerta, su mirada me deja clavada en el sitio. Abro la boca, pero no sale nada, ni siquiera una negación. Me ha pillado, simple y llanamente. Dejo caer los brazos a los lados.

—No pares por mí —dice—. Quiero verte.

Me mordisqueo el labio inferior, sin saber bien qué hacer. Entrecierra los ojos, concentrado por completo en mi boca. Luego, camina hacia mí.

—¿Qué te he dicho sobre morderte el labio? —espeta.

La energía de Hayden emana de él en oleadas, cargada de intensidad. Abre de un tirón la puerta de la ducha y la deja entreabierta para meterse dentro, completamente vestido. Los pantalones negros y la camisa blanca se le empapan de inmediato. Me quedo mirándole el pecho, viendo cómo la tela se vuelve translúcida y se adhiere a su piel, delineando los músculos que esconde debajo.

—¿Qué estás haciendo? —pregunto.

No me contesta, pero se pone de rodillas. Me agarra de los muslos y los separa, mientras respira con un siseo.

—Qué coño tan bonito. Tócate.

Su voz suena grave, su tono es duro; no deja lugar a discusión. Bajo lentamente la mano hasta que la tengo entre los muslos. Se inclina hacia delante, tan cerca que su aliento me roza la carne sensible y me estremezco. Me observa atentamente, sin apartar la vista de mí, y hunde las yemas de los dedos en mi piel con cada movimiento circular.

Suelto el gemido que se me acumula en el fondo de la garganta. Hayden cierra los ojos brevemente, inhala y su pecho se eleva.

—Más rápido —me insta.

Por una vez, me alegro de obedecer. Acelero el ritmo y estudio su expresión mientras me toco. Es guapísimo. Arrodillado ante mí, Hayden me mira como si fuera una diosa y pudiera doblegar su voluntad.

Él sonríe.

—Buena chica.

Mi coño se aprieta con su elogio y gimo, a punto de llegar al orgasmo. Me da un beso en el tatuaje y luego en la cara interna del muslo, con cuidado de no interrumpirme mientras me acerco al precipicio. Hunde el rostro en mi piel y me roza su aliento.

—Córrete para mí. Fuerte.

Se me escapa el aire de los pulmones con un chillido. Cuando agito las caderas contra mi mano, me aprieta contra la pared, manteniéndome firme. Me corro, dejando que la deliciosa sensación me inunde una y otra vez hasta que quedo extenuada, con la cabeza colgando.

Hayden se lame los labios.

—Me toca.

Se inclina hacia delante y recorre con la lengua desde mi entrada hasta el clítoris, y vuelta a empezar, tan deliciosamente lento que lo siento todo.

—Ay, Dios —jadeo.

—Ese no es mi nombre. —Hayden vuelve a recorrerme entera con la lengua y luego me da un mordisquito en la carne sensible. Un pinchazo de dolor hace que me sacuda, pero me mantiene inmovilizada con las manos. Me mira con los ojos ardiendo de lujuria—. Dilo.

—Hayden —susurro.

Él gruñe y el sonido queda amortiguado por mi piel. Vuelve a colocarse en mi entrada y me penetra con la lengua hasta que me tiemblan las piernas.

—Otra vez —ordena.

—Hayden —lo digo más alto esta vez, más bien como una súplica.

Se le contraen las pupilas, el color negro brilla cuando introduce dos dedos dentro de mí. La repentina penetración me arranca un jadeo, pero mi cuerpo le da la bienvenida, y mi coño se aprieta a su alrededor con firmeza. Me muevo sobre sus dedos, intentando crear un poco de fricción y encontrar alivio.

—Suplícamelo, Callie.

Separo los labios, pero solo sale un gemido. Necesito que los mueva, que me dé lo que mi cuerpo pide a gritos. Él curva los dedos, y yo gimo.

—He dicho que me supliques.

—Por favor.

Añade un tercer dedo, estirándome y llenándome. Luego los mete y los saca, cada vez más profundo y más rápido. Y cuando, al mismo tiempo, lleva su boca a mi clítoris, pierdo la cabeza.

Le agarro del pelo mojado y empujo su cara entre mis piernas hasta que siento esa deliciosa presión tanto desde dentro como desde fuera.

—Más fuerte.

Por un segundo, creo que oigo una risa suave por mi petición. Luego, deja de darme placer para pasar una de mis piernas por encima de su hombro. Con esta nueva postura me abro aún más para él, así que se hunde de nuevo, y su boca y sus dedos me follan hasta perder el conocimiento.

Me corro en su cara.

El orgasmo me deja sin respiración y tarda un rato en remitir. Durante ese tiempo, Hayden sigue acariciándome, haciéndome bajar lentamente del intenso subidón. Sin embargo, cuando su mirada se encuentra con la mía, me atraviesa, con las pupilas dilatadas por el deseo.

—¿Hayden?

Se levanta, desliza las manos por mis piernas hasta llegar a las caderas y me frota los huesos de la cadera con los pulgares. Se cierne sobre mí como una sombra y eclipsa mi voluntad hasta que está al mando.

—Bésame. Prueba tu sabor.

Su voz es una mezcla de oscuridad y poder. Aprieto los labios antes de pasar la lengua por el borde de sus labios.

Me empuja con un gruñido y aprieta su miembro contra mi vientre. Lo hago una y otra vez; lo provoco y lo consumo hasta que se estremece de impaciencia.

Me agarra de la mandíbula y me obliga a abrir la boca para poder reclamarla por completo. Noto el sabor salado en su lengua mientras se sumerge en mi interior y me devora. Enreda los dedos en mi pelo y agarra los mechones con fuerza, yo me arqueo ante su contacto. Lo rodeo con los brazos mientras me aprieta y me reclino contra él, necesito apoyarme para no caerme.

Hayden rompe el beso con ojos salvajes.

—Joder, nunca me sacio de ti.

—Aquí me tienes.

—¿Segura?

La pregunta hace que eleve las cejas. No se refiere a algo físico. Le recorro con la mirada, observando el deseo que siente Hayden por mí, la necesidad de que le quiera. ¿Lo he perdonado de verdad?

—Casi —respondo.

Deja caer las manos y da un paso atrás. A pesar del vapor que nos rodea y del agua caliente que choca contra mi cuerpo, siento un escalofrío. Su mirada vuelve a ser fría y lucha por dominar al deseo.

—Casi no es suficiente —responde.

22

CALISTA

Hayden se mueve para marcharse, pero le agarro el brazo para detenerlo. Él baja la mirada hacia mi mano y luego la levanta para mirarme a mí.

—Espera. Por favor —susurro. Me mira con atención y espera a que continúe. No sé qué decir, así que suelto lo primero que se me viene a la cabeza—: ¿Estás preparado para admitir que estás enamorado de mí?

Su rostro es como un lienzo en blanco. Me mira y me recorre con los ojos lentamente el rostro antes de responder:

—Casi.

Retrocedo y le suelto.

—Ya lo pillo.

—Avísame cuando tu «casi» sea un «sí», Calista.

Le miro entornando los ojos.

—Lo mismo digo.

Cuando se ha ido, me hundo en el suelo y me abrazo las rodillas contra el pecho. Nunca hubiera imaginado que querría tomarse esto al ritmo que yo marcara. ¿No es prueba suficiente de que le importo y quiere pasar página?

Después de salir de la ducha y secarme, salgo del baño envuelta en una toalla. Agarro el portátil, me siento en la cama y abro el hilo de mensajes que tengo con Harper.

> **Calista:** Creo que por fin entiendo a qué te referías cuando decías que harías cualquier cosa para proteger a quien quieres. Si así es como sois Hayden y tú, quizá tenga que ser más comprensiva y aceptarlo... En fin, escríbeme cuando leas esto. Necesito a mi mejor amiga.

Ni Hayden ni Harper hablan conmigo durante las siguientes cuarenta y ocho horas. Cuando llega la número cuarenta y nueve, estoy lista para suplicar a Hayden y sermonear a Harper. No voy a hacerlo, pero me gustaría. En lugar de eso, camino hacia el despacho y toco la puerta.

Hayden levanta la cabeza, su mirada brilla de apreciación mientras recorre mi cuerpo desnudo.

—¿Qué necesitas, Callie?

—¿Tienes un minuto? —Cuando asiente, entro en la habitación y me siento en la esquina del escritorio—. Necesito pedirte un favor.

Él frunce el ceño.

—¿De qué se trata?

—Como ya sabrás, he estado hablando con Harper a diario durante casi tres semanas, pero no me contesta desde hace dos días. Sé que seguramente no sea nada, pero estoy preocupada. No es normal que deje de contestarme de repente.

—Tu amiga es de todo menos callada.

—Exacto. —Cruzo las piernas y me coloco una mano en el regazo—. Como no me dejas usar mi teléfono... —Me callo y le hago una mueca—. Me preguntaba si podrías contactarla para saber si está bien.

—Dame un segundo. —Saca su móvil, manda un mensaje y luego vuelve a colocarlo encima del escritorio. Coge la pluma y apunta una nota en su cuaderno antes de volver a mirarme—. Hecho.

Le sonrío.

—Gracias.

Me abruman las ganas de besarle y, antes de que pueda pensarlo, acaricio sus labios con los míos. Le brillan los ojos y agarra fuerte la pluma. Cuando habla, lo hace en voz baja:

—¿Necesitas algo más?

—Nop —le contesto rápido. Demasiado rápido.

Levanta una ceja con una pregunta silenciosa.

—Sé cuándo estás mintiendo. Dime qué necesitas.

Aprieto los labios y me muerdo el interior de la mejilla. Puedo sentir el poder de Hayden atrayéndome, sacándome la verdad.

—Estoy harta de que peleemos.

El aire vibra de atracción y me recorre la piel. El corazón me late con fuerza en los oídos y el sonido ahoga todo lo demás, excepto al hombre que tengo delante. Las fosas nasales de Hayden se abren y la pluma golpea contra el escritorio antes de apartarla.

Separo los labios y me cuesta respirar ante su mirada voraz. Me acerco, la necesidad de sentir su boca sobre la mía es abrumadora.

Acorto la distancia y aprieto los labios contra los suyos. Es un beso dulce, pero sé que es más que eso.

Me estoy rindiendo ante él.

Se levanta y desliza las manos por mi cintura, luego las pasa por mis muslos antes de agarrarme las rodillas y separarlas. Suena una campanita y un pequeño zumbido. Le miro aturdida mientras coge el móvil. Lee el mensaje y noto un cambio inmediato en él. Su cuerpo se tensa y un músculo palpita a lo largo de su mandíbula.

—¿Qué pasa? —pregunto. Cuando no me responde, me invade el pánico—. ¿Hayden?

Deja el móvil y centra toda su atención en mí.

—Tu amiga está a salvo.

Espero una explicación, pero cuando Hayden se queda callado, se me disparan todas las alarmas.

—¿Qué me estás ocultando?

Mantiene una expresión imperturbable, pero me aprieta la rodilla.

—No te preocupes, Callie. Todo está bajo control.

—¿Qué está bajo control? Hayden, ¿qué está pasando?

—Está todo bien.

—Me estás mintiendo.

Me inclino y agarro su móvil, pero él me frena agarrándome de los hombros.

—Solo quiero hablar con ella —digo.

—Está descansando.

—Qué casualidad.

—Escúchame. Está a salvo y en buenas manos.

Le clavo el dedo en el pecho.

—Te juro por Dios que si no me dices qué demonios está pasando voy a cometer una locura.

Se queda mirándome por un momento, estudiando mi rostro. Sea lo que sea que ha visto le hace suspirar y me preparo para lo que vaya a decirme.

—Harper tiene una conmoción cerebral y una muñeca rota. Estaba cruzando un paso de peatones cuando la atropellaron y se dieron a la fuga. No puedo conseguir más detalles sobre su estado ya que no soy familiar, pero está viva.

—Dios mío —respondo, y mis palabras terminan en un sollozo—. Tengo que irme a casa.

—Callie —me dice con tono amable—, la están tratando en el mejor hospital de la ciudad. Créeme. Va a estar bien.

Me cubro la cara con las manos y contengo las lágrimas. Cuando vuelvo a mirarle, le digo:

—Nada de esto está bien. Necesito volver a casa. Tengo que estar con ella. ¿Es que no lo entiendes?

Él sacude la cabeza.

—No.

—¡Hayden! Por favor, escúchame…

—La respuesta es no. —Se guarda el móvil en el bolsillo y se reclina en la silla—. Detesto tener que hacer esto, Callie, pero no voy a poner tu vida en riesgo.

Me deslizo desde el escritorio hasta ponerme de rodillas en el suelo, entre las piernas de Hayden. Abre ligeramente los ojos, pero no hace ademán de detenerme cuando me acerco a él. Apoyo las palmas de las manos en la parte alta de sus muslos, inclino la cabeza y las puntas de mi pelo rozan sus pantalones.

—Por favor —susurro—, hago lo que sea.

—¿Lo que sea?

—Sí.

Se para a pensar, pero no le toma mucho tiempo.

—Perdóname. Nada de *casi*, por completo.

Levanto la cabeza de golpe para mirarle.

—No soy un robot. No puedo apretar un botón y cambiar mis sentimientos así como así. No es como funcionan las emociones.

Él se agacha y me sujeta la barbilla con el pulgar y el índice.

—Ya me has perdonado. De lo contrario, no me habrías dejado comerte el coño hasta empaparme la cara. Si no me hubieras perdonado, no estarías desnuda y de rodillas, lista para que te folle si así lo pidiera. Quiero oír cómo lo admites. Di que me perdonas por todo lo que he hecho desde que nos conocimos.

Estoy a punto de negarlo, pero no puedo porque tiene razón. No siento la rabia que sentía cuando llegué aquí. Le miro y me tiembla el labio inferior, dominada por los nervios.

—Déjame hablar claro: si no me llevas a casa, te odiaré por ello, pero ahora mismo, estoy dispuesta a perdonarte todo, Hayden.

No me lanza una sonrisa triunfante como esperaba. En lugar de eso, respira despacio, como aliviado por haberse quitado un peso de encima. Antes de que pueda preguntar nada, me pasa una mano por la mejilla y la mandíbula.

—Nos iremos en menos de una hora. —Un atisbo de sonrisa se dibuja en sus labios cuando dice—: Al menos no te va a tomar mucho tiempo hacer las maletas.

23

CALISTA

El avión se estabiliza a la altitud de crucero mientras miro distraídamente por la ventana. Mi mente está a miles de kilómetros de distancia, consumida de preocupación por Harper. Lleva dos días en el hospital y me siento inútil sin poder visitarla o hablar con ella.

Doy un respingo cuando siento un toque ligero en el hombro. Me giro y me encuentro a Hayden mirándome con cara de preocupación.

—Sigues preocupada por tu amiga —dice. No es una pregunta.

Asiento mientras se me forma un nudo en la garganta.

—Sé que Harper tiene a su madre, pero… me gustaría estar con ella.

Hayden me agarra la mano y me acaricia con suavidad los nudillos con el pulgar.

—Llegaremos pronto. Todo va a ir bien.

La ternura con la que lo dice me corta la respiración. Busco en su rostro señales que me indiquen que está tratando de aplacarme, pero no las hay. En sus ojos solo hay sinceridad.

—Gracias.

Asiente y sigue acariciándome la mano.

—Sé lo difíciles que han sido para ti estas últimas semanas, pero nunca he querido ser tu enemigo, Callie. —Lo dice con voz calmada, pero no consigue ocultar la tensión que hay detrás—. Mi único objetivo en la vida es hacerte feliz.

Sonrío, burlona.

—Siempre y cuando no ponga en riesgo mi seguridad, ¿verdad?

Me devuelve la sonrisa y me sostiene la mejilla.

—Exacto.

El espacio entre ambos se carga de intimidad y resisto las ganas de besarle. En lugar de eso, me apoyo sobre su mano y me empapo de la ternura del momento.

Hayden me observa atentamente durante el camino a casa. No me sube a su regazo como la última vez, pero sé que quiere hacerlo. Me coge de la mano, enlazamos nuestros dedos y no me suelta ni siquiera cuando aterrizamos.

Me conduce fuera del avión y el aire invernal me atraviesa la ropa. Sebastian nos espera junto a un coche, con una mirada penetrante y examinadora. Cuando me ve con una camiseta hawaiana, una falda naranja chillón y unas sandalias, tuerce el gesto. Le hago una mueca antes de hundirme aún más en el abrigo de Hayden. Era o este conjunto de la tienda de souvenirs o ir como Dios me trajo al mundo.

Una vez sentados en los asientos traseros, se gira hacia a mí:

—Sé que quieres ver a Harper, pero te sugiero que vayamos a casa y que te pongas ropa adecuada para este tiempo. Además, así podrás comer algo.

Abro la boca para contestar que estoy bien y que no quiero aceptar su sugerencia, pero entonces dice:

—Primero tengo que asegurarme de que tú estés bien, cariño.

Me quedo muda y asiento. Hayden solo me ha llamado «cariño» cuando le han desbordado las emociones. El apelativo retumba en mi cabeza, me recuerda lo mucho que me afecta este hombre.

Porque lo quiero.

Si no fuera así, no le habría perdonado.

Tras un breve desvío al ático de Hayden, vemos el hospital cuando entramos en el aparcamiento. Hayden me ayuda a salir del coche y me pone una mano en la espalda para acompañarme dentro. Pregunto por Harper en recepción y me dan su número de habitación.

Entramos en el ascensor y el olor a hospital me invade y me revuelve el estómago. Como si percibiera mi malestar, Hayden me atrae hacia él, estrechando mi cuerpo contra el suyo.

—Se encuentra bien —me dice en voz baja.

Asiento, reconfortada por su seguridad. Sin embargo, a medida que avanzamos por el pasillo, la ansiedad se apodera de mí y me tiemblan las manos. Cuando llegamos a la habitación de Harper, me detengo y respiro hondo antes de abrir la puerta. Mi amiga, que siempre es tan enérgica y alegre, yace inmóvil en la cama del hospital, con una vía en el brazo y un monitor que emite un pitido constante llenando el silencio. Hasta que me ve.

—¡Calista! ¡Has venido!

Corro hacia ella y la abrazo. Me siento en la cama con un sollozo.

—Por supuesto que he venido. ¿Cómo te encuentras?

—Meh —dice encogiéndose de hombros—. Sinceramente, no me acuerdo de nada. Estaba cruzando la calle a toda leche y, de repente, me despierto aquí.

—¿Dónde está tu madre?

—Vendrá mañana a primera hora. La he mandado a casa porque ha estado aquí tanto rato que ha puesto de los nervios a las enfermeras.

Bajo la voz hasta que es casi un susurro.

—¿Te está pasando mierda de la buena? —señalo la vía con la mirada.

Harper estalla de risa.

—Te echaba de menos.

—Y yo a ti.

—Hola, señor Bennett —dice Harper, con voz alegre—. Gracias por traer a *nuestra* chica a visitarme.

Hayden da unos pasos al frente esbozando una media sonrisa.

—Por supuesto, señorita Flynn. Calista se preocupa mucho por ti.

—Me alegra que haya venido, pero no quería interrumpir vuestra escapada.

—La familia es lo primero —dice él.

—Eso es. —Harper ladea la cabeza y lo mira con los ojos entrecerrados—. Entonces, hablemos de delitos, señor abogado. Quiero saber qué tengo que hacer con el gilipollas que me atropelló.

Él hace un gesto con la mano.

—Adelante.

Los observo charlar amigablemente. La tensión abandona mi cuerpo y me relajo por primera vez desde que me enteré de que Harper estaba hospitalizada. Hayden responde a todas sus escandalosas preguntas sobre «cómo infringir la ley sin infringirla en realidad» sin ponerle ninguna pega. Incluso le hace reír un par de veces. Verlos juntos me calma los nervios y me hace muy feliz.

Cuando bostezo, Hayden termina la conversación.

—Será mejor que lleve a Calista a dormir —dice mirándome.

—Pero…

Él levanta una mano.

—Haré que Sebastian te traiga a primera hora de la mañana.

—¿Me lo prometes?

—Sí.

Me giro hacia Harper y la abrazo.

—Me alegro mucho de que estés bien.

—Soy como Catwoman, tengo siete vidas —me guiña un ojo—. No te preocupes, todavía me quedan cinco.

Hayden y yo nos despedimos y él me saca de la habitación, me lleva a los ascensores y luego al coche que espera fuera. Una vez sentada, me giro hacia él.

—Gracias. Me habría vuelto loca de preocupación.

—Era lo correcto.

Le sonrío con suficiencia.

—*Después* de obligarme a perdonarte.

—Si veo una oportunidad de conseguir lo que quiero, la aprovecho.

—¿Tanto querías que te perdonara?

Me agarra de la mano y entrelaza los dedos.

—Más que nada.

Levanto una ceja a modo de interrogación.

— Pensaba que habías dicho que no te importaba si te odiaba.

—Estas últimas semanas me han enseñado que podría perderte por culpa del odio. No quiero eso.

—No me has perdido.

—¿Me estás diciendo que te he ganado? —Me lanza una mirada de advertencia—. Si me dices «casi», pienso azotarte hasta que cambies de opinión.

Sonrío.

—Si estás dispuesto a traerme a ver a mi amiga y todo lo que me pides es que te perdone, entonces sí: me has ganado.

Él se inclina hacia delante.

—Dilo otra vez.

—Me has ganado, Hayden —susurro contra su boca—. ¿Qué vas a hacer ahora conmigo?

Él sonríe.

—No dejarte ir. Esa parte del plan nunca ha cambiado.

24

CALISTA

Una hora después, entro en la habitación de Hayden, recién duchada y con un camisón de seda. Lo veo sentado en la cama, esperándome. Cuando sus ojos me encuentran, sonrío. Vacilo ante la expresión seria de su rostro.

—¿Va todo bien? —Cuando asiente, ladeo la cabeza—. Entonces, ¿por qué me miras así?

—No estoy acostumbrado a verte con ropa.

Sacudo la cabeza con una sonrisa.

—Vas a tener que acostumbrarte. Ahora estamos en casa, así que las cosas han cambiado.

—¿Consideras que esta es tu casa, Callie?

Me muerdo el labio, pensativa. Centra la mirada en mi boca y se le oscurecen los ojos. Antes de que pueda responder a su pregunta, me tiende la mano y me hace un gesto para que me acerque. Me aproximo a él, me coge de la muñeca y me atrae hacia sí hasta que me sitúo entre sus piernas.

—Sí —susurro—. Esta es mi casa porque tú estás aquí.

—Tú eres mi casa. —Me da unos toquecitos en el pecho, justo encima del corazón—. Aquí es donde quiero estar.

Cubro su mano con la mía y la aplano contra mi piel.

—Lo estás.

Asiente, pero retira la mano y cierra fuerte los ojos como si sintiera dolor.

—¿Callie? —me dice con la voz tensa.

—¿Qué ocurre?

—Han pasado *tres* semanas.

—¿Tres semanas desde qué?

Me mira, con la piel de la mandíbula tirante.

—Estoy muy empalmado ahora mismo.

—*Uh*.

Asiente. Trago con dificultad. Desvía la mirada hacia mi garganta y luego más abajo. Se me endurecen los pezones cuando me mira.

—Tienes que irte —dice apretando los dientes.

—¿Irme? —Frunzo el ceño—. ¿Por qué?

—Porque si te quedas voy a follarte hasta dejarte inconsciente.

Parpadeo.

—Vale.

—No me mientas. Eso no es lo que quieres.

—¿Cómo lo sabes?

—Porque follarte es lo que *yo* necesito, lo que *yo* quiero.

—¿Crees que yo no lo necesito también?

Me sujeta la barbilla y me acerca lo suficiente para que pueda apreciar la sinceridad en sus ojos.

—Si me necesitas, entonces lo haré. Pero solo si es así.

—Hayden, te necesito. Tal vez más que nunca.

Él asiente y se desabrocha la camisa, exponiendo su pecho centímetro a centímetro. Lo observo con anticipación mientras deja al descubierto su esculpido abdomen, me tiemblan las manos de ganas de recorrer cada uno de sus firmes músculos. Cuando se despoja por completo de la ropa, se recuesta y me observa.

—Ven aquí, cariño.

Después de quitarme el camisón, doy un paso adelante y él me coloca en su regazo, a horcajadas. Luego me envuelve con un brazo y me acerca aún más. Le paso los dedos por el pelo y tiro ligeramente de él mientras acerco mi boca a la suya.

Levanta las manos y me masajea los pechos antes de pellizcarme los pezones. Jadeo y me arqueo contra él, disfrutando de su caricia. Desciende con las manos recorriendo cada curva. Se detiene para pasarme el pulgar por el tatuaje.

—Eres preciosa —murmura pegado a mis labios.

Me aprieto contra su erección, mi cuerpo bulle de necesidad. Tiene razón. Ha pasado demasiado tiempo. Lo deseo tanto que apenas puedo pensar.

Hayden rompe el beso, con los ojos encendidos.

—Di que eres mía.

—Soy tuya.

—Otra vez.

—Soy tuya, Hayden. Entera.

Con un gruñido grave, nos echa sobre la cama. Luego me penetra con tanta fuerza que me hace ver las estrellas y yo le hago sangre al clavarle las uñas en los hombros.

—Joder, Callie —gruñe.

—Ay, Dios. Más fuerte.

Me cubre con su cuerpo y me penetra una y otra vez. Echo la cabeza hacia atrás y me dejo llevar por el ritmo brutal. Luego le agarro el culo, tirando de él hacia mí, para decirle que quiero más.

Estamos los dos cerca, y sé que no voy a tardar mucho en correrme. Me aferro a él mientras me empuja contra el colchón, sin dejar de follarme. Con una mano me agarra la cadera y me aprieta el pulgar contra el tatuaje, como para asegurarse de que se queda grabado en mi piel y me marca como suya.

Entonces me agarra del cuello, lo aprieta ligeramente y me vuelvo loca. Un orgasmo me atraviesa y me hace gritar su nombre. Y decirle que lo quiero. Él se corre poco después y se desploma sobre mí.

Nos quedamos así durante un rato, sosteniéndonos el uno al otro. La habitación está en silencio, salvo por el sonido de nuestras respiraciones agitadas. Finalmente, Hayden rueda y se apoya en el antebrazo. Me coge la barbilla y me obliga a mirarle.

—¿Lo has dicho en serio?

Sonrío.

—¿Lo de «más fuerte»? Ya te digo si lo decía en serio.

Me da un azote juguetón en el culo.

—Ya sabes a qué me refiero.

—Sí —respondo con firmeza—. Iba en serio.

—Bien.

—¿Y qué hay de ti?

Los ojos le arden mientras asiente.

—Dilo.

Traza el borde de mi labio inferior con el pulgar.

—No quería quererte, Callie, pero joder, lo hago. De forma posesiva. Irrevocable. Por completo.

A la mañana siguiente, entro en la habitación de Harper con dos cafés y una sonrisa enorme en la cara. Hayden me quiere. No puedo parar de pensar en ello.

—He traído café —la saludo.

—Genial. La basura que sirven aquí no merece llamarse café.

Después de colocar la bebida en la mesa auxiliar, le doy un abrazo rápido y me siento en la silla al lado de la cama.

—Parece que estás de buen humor. ¿Te encuentras mejor?

—Tendré que quedarme otro día aquí, pero no es para tanto.

—Al menos te darán el alta antes de que empiecen las clases.

Lanza un gruñido.

—Uf, ni me lo recuerdes.

Suelto una risita.

—Lo siento. No me acordaba de lo de tu muñeca.

Hace un gesto con la mano para restarle importancia y le da un sorbito al café antes de volver a dejar el vaso.

—No pasa nada. Sé que te hace ilusión volver a clase, como debe ser.

—Sí. Por fin siento que mi vida vuelve a encauzarse. Te tengo a ti y a Hayden, y ahora voy a seguir estudiando. Estoy muy feliz.

—Y aun así pareces exhausta.

Le dedico una sonrisa burlona.

—He estado despierta casi toda la noche.

—Ya veo. —Me menea las cejas—. ¿Cómo se ha levantado el dios del sexo hoy?

—Genial. Me ha dicho que me quiere.

—¿Qué me dices? Guay. Es increíble.

—Gracias. Todavía no me lo creo.

—Está bien que tenga las pelotas de admitir lo que todo el mundo sabe ya. ¿Tú también se lo has dicho?

Asiento, con las mejillas encendidas.

—Bien. Ahora solo me queda esperar a la boda.

—Harper, es muy pronto para eso.

Me mueve el dedo en la cara.

—Tú espera. Y cuando ocurra, voy a ser tu dama de honor.

Sacudo la cabeza con una sonrisa.

—Eres tonta, pero claro que serás mi dama de honor.

—Buenos días, chicas.

Harper y yo nos giramos para ver a la mujer que entra en la habitación. Es una versión más mayor de mi mejor amiga, salvo porque lleva el pelo rojo brillante en un corte bob. Tiene los ojos verdes, vivaces y con una chispa de inteligencia, lo cual encaja a la perfección con la placa identificativa de la farmacéutica que lleva colgada del bolsillo. Viste un traje pantalón azul marino con una blusa blanca impoluta y un par de tacones, lo que me recuerda a un conjunto que me compró Hayden. Un conjunto caro y estiloso.

—Hola, mamá —dice Harper, sonriendo—. Esta es Calista. Es mi amiga del Sugar Cube, ¿te acuerdas?

La mujer asiente.

—Claro que sí. Es genial conocerte por fin. Mi hija habla de ti todo el rato. Puedes llamarme Melissa. Cada vez que alguien me llama «señora», me hace sentir vieja.

—Yo también me alegro de conocerte —le digo mientras le estrecho la mano. Su agarre es firme, pero su expresión es acogedora—. Harper tiene suerte de tenerte.

La expresión de Melissa se vuelve seria cuando retira el brazo.

—Sé que es tarde, pero siento mucho tu pérdida. Tu padre era un hombre muy influyente, y se le echará de menos.

—Gracias —digo, haciendo un esfuerzo por que me salgan las palabras a través del nudo de mi garganta—. Ha sido un año muy difícil, pero las cosas están empezando a cambiar. No sabía que conocías a mi padre.

—Pues sí. Hemos trabajado juntos en alguna ocasión.

—¿Te importaría recordarme para qué empresa trabajabas?

—AstraRx.

Controlo mis facciones para ocultar la confusión.

—Ah, sí. Ya me acuerdo.

La mentira me sale fácilmente de los labios. He pasado demasiado tiempo con Hayden. Al haber trabajado con el director de campaña de mi padre, debería reconocer el nombre. Que no lo haga no debería ser un gran problema, pero el hecho de que alguien me drogara lo convierte en uno.

Vuelvo a fijarme en la placa para quedarme con el logo. Antes de que pueda decir nada más, se aleja de mí para tomarle las manos a Harper.

—¿Cómo te encuentras, cielo? ¿Mejor hoy?

Mi mejor amiga se encoge de hombros.

—Me aburro como una ostra.

—Mañana te dan el alta.

Asiento.

—Y me tienes a mí. Me voy a quedar aquí hasta que terminen las horas de visita y me tengan que echar.

—Eso sería genial. —Harper me sonríe, y se le arrugan las comisuras de los ojos—. Sería incluso mejor si hubieras traído a ese guardaespaldas contigo.

Melissa frunce el ceño.

—¿Por eso está ese mastodonte calvo en la puerta? Estaba a punto de avisar al personal del hospital.

—Mi novio es muy sobreprotector —mascullo.

—Y está muy bueno. —Harper me sonríe—. Si el señor Bennett tuviera un amigo que fuese igual de guapo que él, me vería tentada a romper la ley.

Pongo los ojos en blanco mientras me río y Melissa sacude la cabeza.

—Parece mentira que te haya parido yo —le dice a Harper—, pero no me arrepiento.

—Claro que no. ¿Hasta qué hora te quedas hoy, mamá?

La mujer aprieta los labios.

—Solo hasta la hora del almuerzo. Después tengo que ir a la oficina. Estamos lanzando un nuevo fármaco y nos tenemos que poner manos a la obra. Cuando no estoy, el señor Russell se pone de mal humor.

Harper se incorpora en la cama y se inclina hacia delante.

—Pero vas a venir a recogerme mañana por la mañana, ¿verdad? Si tengo que pasar otro día completo aquí, voy a perder la cabeza.

—Estaré aquí a primera hora —contesta Melissa.

Mi amiga se relaja visiblemente y se deja caer de nuevo sobre la almohada.

—Bien. Ahora cuéntame todo sobre tus vacaciones, Calista.

Reprimo un escalofrío antes de relatar toda la experiencia. Eso sí, omito el secuestro de Hayden. Y lo de ir desnuda, también.

25

CALISTA

—No me discutas, Sebastian.

Camino hacia el ascensor del ático y pulso el botón. Se enciende y las puertas se abren de inmediato. Entro con el guardaespaldas pisándome los talones, con la cara cubierta de preocupación mientras pulso el botón de la primera planta.

—Señora Bennett…

Cuando lo miro mal, se aclara la garganta. Que haya aceptado que Hayden me llame así no significa que esté preparada para que el resto del mundo también lo haga.

—Señorita Calista, el señor Bennett me ha dado instrucciones precisas de no llevarla a ningún lado que no sea el hospital para visitar a su amiga. Ahora que le han dado el alta, debe quedarse en casa.

—Entiendo los motivos por los que quieres mantenerme a salvo. No solo porque es tu trabajo, sino porque Hayden no es una persona a la que le guste que le desobedezcan. Dicho esto, no vas a hacer que cambie de parecer. Tengo que hablar con el señor Davis. *Hoy*.

Sebastian golpea con la mano el filo de la puerta para evitar que se cierre.

—Me tomo mi trabajo muy en serio, tanto, que la levantaré y la sacaré de este ascensor pateando y gritando si es necesario.

Lo fulmino con la mirada tratando de calmar mis nervios.

—Si lo haces, le diré a Hayden que me has metido mano.

Siento ardor en el estómago por la mentira. Y por la cara de terror de Sebastian. Se pone pálido y abre los ojos de par en par. Si no estuviese intentando intimidarle, me haría gracia que este hombretón del tamaño de una montaña le tuviera miedo a Hayden.

—No sería capaz —dice.

—¿Seguro?

—¿Tiene idea de lo que me haría ese hombre si creyera que la he tocado? —El guardaespaldas se estremece—. Es cruel que me amenace con eso.

Enarco una ceja.

—Tiempos desesperados…

Murmura algo por lo bajini —diría que alguna palabrota en ruso— y se cruza de brazos.

—Sea como sea, estoy condenado. Me sentiré afortunado si no me mata.

—Si te lo hace pasar mal por haberme dejado salir, yo te defenderé.

Dice algo más en un idioma extranjero y, cuando frunzo el ceño, dice:

—Más vale estar al lado del diablo que en su senda de destrucción.

—¿Yo soy el diablo?

Sebastian suspira.

—Eso depende de cómo reaccione el señor Bennett.

Me apiado del guardaespaldas y me mantengo cerca de él mientras me guía para subir y bajar del vehículo. La sede de campaña no ha cambiado nada. Me detengo a echarle un vistazo antes de que Sebastian me acompañe al interior, mientras mira constantemente a los lados.

Una vez dentro, me dirijo a las oficinas de la parte trasera del edificio. Como no podía ser de otra manera, Robert Davis está sentado en su escritorio, con los ojos clavados en la pantalla del ordenador que tiene delante. Lo recorro con la mirada buscando algún cambio. Sigue teniendo el mismo pelo castaño, que le cae lacio sobre la frente, y lleva la ropa planchada y la corbata recta.

Por un momento, es como si me hubiera transportado al pasado cuando mi padre seguía vivo y el señor Davis lo acompañaba a cada evento. Se me cierra la garganta mientras la emoción amenaza con ahogarme. Sebastian me posa brevemente la mano en el hombro.

—¿Se encuentra bien?

—Lo estaré. Es solo que no venía aquí desde que mi padre murió. No sé por qué creía que no me afectaría. —Enderezo la espalda y asiento—. Venga, estoy lista.

Me acerco a la puerta de la oficina y agarro el pomo. Robert levanta la cabeza de golpe en mi dirección mientras abro la puerta y entro, con Sebastian a mi lado. El jefe me mira parpadeando con confusión antes de levantarse de la silla, sonriente.

—Señorita Green, es un placer verla de nuevo. Espero que le haya ido bien.

—Sí. Gracias, Robert.

Mira fijamente a Sebastian y luego vuelve a centrar su atención en mí.

—¿Puedo ayudarla en algo?

—Sí.

—Por favor, siéntese. —Una vez que Sebastian y yo ocupamos el par de sillas de cuero frente al escritorio, Robert se sienta también. Entrelaza las manos y las apoya en la mesa, inclinado hacia delante—. ¿En qué puedo serle útil?

—Quiero conocer la implicación de mi padre con AstraRx.

La mirada de Robert se enciende brevemente antes de cerrar los ojos.

—Lo siento, Calista. No tengo ni idea de lo que está hablando. Su padre era un hombre muy ocupado, pero no tenía relación con esa empresa.

—Por favor, no me haga perder el tiempo con mentiras. Ayer hablé con Melissa Flynn, y me dejó bien claro que había trabajado con mi padre en el pasado.

—De nuevo, le repito que se equivoca. No conozco a esa tal Flynn, pero está claro que miente.

Respiro hondo para tratar de aplacar mi enfado.

—El hecho de que pongas tanto empeño en negarlo me dice que sea lo que sea en lo que estaba involucrado mi padre no era bueno. Si estás tratando de protegerme a mí o su memoria, no lo hagas. Necesito la verdad. Puede que mi vida dependa de ello.

Robert me mira con los ojos entrecerrados.

—¿Está metida en algún problema?

Sebastian desvía la mirada del director de campaña a mí. Con el sutil movimiento, noto lo que está queriendo decirme sin palabras.

—Vale, quizá haya sido un poco dramática —le digo para recular—, pero quiero conocer los negocios de mi padre. Necesito zanjar el tema. Ha pasado un año y sigo sin respuestas sobre lo que me pasó *aquella noche*.

—¿Y cree que AstraRx tiene algo que ver con el incidente? —Cuando asiento, él suspira—. Mire, Calista, ojalá pudiera ayudarla, pero está creando conexiones que simplemente no existen. Quizá sea mejor que olvide todo este suplicio y lo deje atrás.

Sus palabras, condescendientes y sentenciosas, son como una cerilla. En mi interior estalla una profunda indignación.

Me pongo en pie de un salto y cojo el abrecartas que tengo a la derecha. En cuanto rodeo con los dedos el mango dorado, lo estampo contra el escritorio y la punta desaparece en la madera justo delante de él.

Robert da un respingo y abre los ojos como platos. Puedo verme en la oscuridad de sus pupilas, con el pecho agitado y expresión furiosa. Antes de que pueda reaccionar, me inclino hacia delante sin dejar de agarrar la empuñadura.

—He venido a por respuestas, Robert. Si no me las das, entonces tendrás que vértelas con Sebastian. Es más que un guardaespaldas, pertenece a la *Bratva*.

El jefe levanta los brazos, con las palmas hacia mí.

—Está bien. Vamos a calmarnos todos.

—¿No sabes que decirle a una mujer que se calme tiene el efecto contrario? —Entrecierro los ojos—. Empieza a hablar.

—Vale, de acuerdo. Sí, su padre tenía tratos con AstraRx. En concreto, con el dueño, Thomas Russell.

De un tirón, arranco el abrecartas de la madera, mientras Robert sigue cada uno de mis movimientos. Después, me hundo en la silla con el arma improvisada en el regazo.

—¿Para qué?

Robert se frota la barbilla con la mano, mirándome a mí y luego a Sebastian.

—El señor Russell se acercó a su padre hace muchos años, al principio de su carrera política. El senador no era ningún tonto, pero era mucho más influenciable por aquel entonces. El dueño de AstraRx acabó siendo un gran patrocinador en su primera campaña.

Agarro fuerte el mango hasta que me tiembla la mano.

—¿Qué le prometió mi padre a cambio?

—En aquel momento, la farmacéutica intentó y fracasó en lanzar un nuevo fármaco que tenía potencial para generar millones de dólares. La FDA seguía rechazándolo por los efectos adversos que producía. Tu padre apoyó ciertas leyes que permitieron a AstraRx eludir parte de la burocracia y facilitar la distribución del fármaco en el mercado.

—Dios mío. —Me desplomo sobre la silla y agacho la cabeza—. ¿Me estás diciendo que mi padre ayudó deliberadamente a poner un fármaco peligroso en manos de la gente a cambio de financiación?

—Lo siento mucho, Calista.

—¿Por qué haría eso? —susurro—. Mi padre era un buen hombre. No le haría daño a nadie a propósito.

Robert sacude la cabeza lentamente, ya sea en desacuerdo o por pena.

—Todo el mundo tiene trapos sucios. Solo es cuestión de tiempo que salgan a la luz.

Permanezco inmóvil mientras digiero sus palabras. Mi padre, el senador honorable que he idolatrado toda mi vida, ayudó a distribuir sin escrúpulos un fármaco peligroso simplemente para favorecer sus ambiciones políticas. ¿Cómo no vi esta parte de él?

—Era un hombre diferente en aquel entonces, Calista —dice Robert con suavidad—. Creo que una vez se vio enredado con esa empresa, le fue difícil desvincularse. Pero al final lo hizo. Todos cometemos errores, sobre todo cuando dejamos que nos dominen nuestros momentos de debilidad.

Sacudo la cabeza, con una mezcla de pena y rabia.

—Un error es saltarte un semáforo en rojo sin querer, no sacrificar la salud pública por poder y codicia.

—Lo hecho, hecho está —replica Robert—. Su padre se arrepintió profundamente de aquellas decisiones tan poco éticas. Pasó la última parte de su carrera luchando firmemente por las leyes de protección del consumidor.

—Eso no soluciona nada. ¿Quién sabe cuántas vidas quedaron arruinadas o perdidas por sus acciones? —Hago una pausa—. ¿Cuándo dejó mi padre de tener trato con AstraRx?

Robert tamborilea con los dedos sobre el escritorio. Cuando por fin me contesta, un velo de culpa le cubre la cara.

—Creo que hace aproximadamente un año.

Cierro los ojos; de repente me siento agotada. La imagen del padre ejemplar y heroico que adoraba ha quedado hecha pedazos. El abrecartas se desliza de mis manos y hace ruido al caer en el suelo.

—¿Podemos irnos ya, señorita Green? —pregunta Sebastian, manteniendo la mirada fija en Robert.

Como si el director de campaña pudiera causarme aún más dolor.

Tomo aire, temblorosa.

—Sí. —Miro a Robert—. Gracias por contarme la verdad, aunque haya sido difícil de escuchar.

—Sé que no he estado muy presente desde el funeral, pero si necesita lo que sea, no dude en llamarme. —Robert se pone en pie, y yo le imito. Se acerca a mí e inmediatamente baja las manos ante la mirada de Sebastian—. Puede que el senador Green no fuera el político más ético, pero fue un padre maravilloso hasta que murió.

Un pensamiento me sacude el corazón, hace que se me acelere el pulso y empiezo a sudar. ¿Y si esta compañía farmacéutica estuviera implicada en el asesinato de mi padre?

Me agacho para recuperar el abrecartas. Una vez en pie, levanto la barbilla y le clavo a Robert una mirada severa.

—Voy a seguir investigando la muerte de mi padre hasta averiguar quién es el responsable. Si tuviste algo que ver, dímelo ahora.

Robert levanta las manos.

—No, Calista, lo juro. De lo único de lo que soy culpable es de no haber convencido a su padre de salir de ese lío.

Me guardo el abrecartas en el bolsillo del abrigo, no solo como recuerdo, sino para lanzar una advertencia.

—Espero que estés diciendo la verdad.

Sebastian me sigue mientras me apresuro a salir del edificio, sintiendo el abrecartas en el bolsillo. El aire matutino me golpea la cara, pero no consigue calmar el aluvión de emociones que siento por dentro. Me detengo en la acera, me rodeo con los brazos e intento regular la respiración para no sufrir un ataque de pánico.

Mi guardaespaldas se acerca a mí manteniendo una distancia respetuosa.

—Sé que tiene mucho que asimilar —me dice—, pero no está sola en esto. Aunque tengo claro que al señor Bennett no le gustará verla triste, es porque se preocupa por usted.

Asiento, incapaz de hablar todavía. Unas lágrimas rebeldes se deslizan por mis mejillas.

Sebastian me ofrece un pañuelo de su bolsillo. Lo cojo susurrando un «gracias» y me seco los ojos.

—Seas cuales sean los errores que cometió su padre, está claro que se arrepintió y trató de reparar el daño. —Continúa Sebastian—: Usted le admiraba por una buena razón. Eso no ha cambiado.

Sacudo la cabeza.

—Es como si no lo conociera de verdad. No sé cómo conciliar al político conspirador con el hombre que me ponía tiritas en las heridas cuando era pequeña.

—A veces las personas tienen más de una cara: la que enseñan al mundo y la que mantienen oculta. Eso no quiere decir que no puedas querer una parte de ellas.

—No sé cómo querer por partes. Cuando entrego mi corazón, lo hago por completo.

—Entonces el señor Bennett es un hombre muy afortunado.

Suspiro y doblo el pañuelo cuidadosamente antes de ofrecérselo a Sebastian.

—Entiendo que no quieres que te lo devuelva, ¿verdad?

—Quédeselo, señorita Green. Con suerte, no lo necesitará en un tiempo.

26

CALISTA

—Llévame a la oficina de Hayden, por favor.

Sebastian se gira sobre el asiento del conductor. Se muestra dubitativo, pero al ver las lágrimas que caen por mis mejillas, asiente lentamente.

—De acuerdo, señorita Calista. Pero primero tiene que prometerme dos cosas.

Me muerdo el labio.

—¿Cuáles?

—Primero, tiene que decirle al señor Bennett que ha sido idea suya y que yo no he tenido nada que ver. Además, debe añadir que he tratado de convencerla para que no lo haga.

Lo nervioso que se pone Sebastian cuando se trata de Hayden me sigue pareciendo divertido, pero me mantengo inexpresiva para no avergonzarle.

—Te lo prometo. ¿Y cuál es la segunda cosa?

—No quiero que llore más. —El hombre grandullón que tengo delante deja escapar un suspiro y se frota la nuca—. Nunca se me ha dado bien consolar a una mujer. Me cuesta verla triste.

Se me derrite el corazón.

—Lo intentaré.

—Gracias.

Se da la vuelta y pone el coche en marcha antes de salir a la calle. Saco el abrecartas del bolsillo y paso la uña por el grabado de la hoja. Fue un regalo de mi padre a Robert, en agradecimiento por su arduo trabajo durante la primera campaña. Me pregunto si lo ha conservado porque es una herramienta útil, o si es porque le recuerda a mi padre y a la amistad que compartieron.

Jugueteo con el objeto hasta que el coche se para. Después de guardármelo en el bolsillo del abrigo, abro la puerta del coche y salgo. Sebastian me espera con una mueca de desaprobación en la cara.

—¿Cuántas veces tengo que decirle que yo le abro la puerta?

—Puede que haya crecido como la hija de un senador, pero soy perfectamente capaz de abrir la puerta del coche.

Sebastian echa un vistazo alrededor —como lleva haciendo desde que aparcamos— y su mirada se para brevemente en la mía.

—Es una señal de respeto, señorita Calista.

Acerco la mano y le doy una palmadita en el brazo.

—Te lo agradezco.

Tuerce aún más el gesto y se le pone el cuello rojo. Después, se aclara la garganta y dice:

—Vamos dentro. Cada segundo que pasas fuera te hace más susceptible al peligro.

Me hace un gesto para que camine y yo me pongo en marcha a paso rápido, sin querer demorarme. No es que haya olvidado mi situación, pero a veces la bloqueo en mi mente para vivir en paz. Una paz que acaba de desmoronarse por los trapicheos de mi padre en el pasado.

Una vez dentro, me acerco a Josephine. En el momento en que me ve, se endereza en la silla y se ajusta las gafas.

—Buenos días, señora Bennett. ¿Ha venido a ver a su marido?

Dibujo una sonrisa en mi rostro e ignoro la risita de Sebastian. Al menos tiene la decencia de disimular la risa con una tos. Miro a la secretaria y asiento.

—¿Está Hayden disponible?

—Incluso si no lo estuviera, me dio instrucciones estrictas de interrumpirle sin importar lo que estuviera haciendo. —Me guiña un ojo—. Mi jefe no tiene límites cuando se trata de usted.

«Si tú supieras».

—Gracias.

—¿Quiere que la acompañe? —El brillo esperanzador de sus ojos me hace sacudir la cabeza—. Muy bien —responde—. Disfrute del resto del día, señora Bennett.

Le hago un gesto con la mano, giro sobre mis talones y me dirijo al despacho de Hayden. Sebastian se coloca a mi lado al instante, sus largas zancadas alcanzan fácilmente las mías.

—Entonces, señora Bennett…

Lo fulmino con la mirada, pero sin ninguna intensidad.

—No empecemos.

—Callie.

Al oír la voz de Hayden, tanto Sebastian como yo giramos la cabeza en su dirección. El abogado está de pie en la puerta de su despacho, con un aspecto tan magnífico que cualquier enfado que tuviera con Sebastian se desvanece.

Hayden me tiende la mano y acelero el paso.

—¿Qué estás haciendo aquí? ¿Va todo bien? —Desvía la mirada hacia Sebastian, la pregunta va dirigida a él.

—Quería verle, señor. No he podido convencerla de lo contrario por más que he discutido con ella.

La mirada de Hayden se suaviza en el momento que la posa en mí. Me contengo de lanzarme a sus brazos. En lugar de eso, tomo la mano que me ofrece y me consuelo con la fuerza de su agarre.

Con la mano libre, Hayden me agarra del cuello y me acerca con suavidad para darme un beso. Es breve, pero apasionado, y me deja mirándole aturdida, con un cosquilleo en los labios.

—Sebastian tiene razón —le digo sin aliento—. No le he hecho caso.

Hayden desvía la mirada hacia el hombre.

—Espera fuera.

Mi guardaespaldas le dedica a su jefe un breve asentimiento. Sigo a Hayden dentro de su despacho y cuando estamos dentro, con la puerta cerrada, abro la boca para contarle lo de mi padre.

Pero no me da tiempo.

Hayden se abalanza sobre mí en un abrir y cerrar de ojos. Choca su boca contra la mía y me separa los labios con la lengua, dominando mis sentidos. Me hundo en su abrazo, agarrando el material de su camisa para evitar desplomarme en el suelo. Cuando por fin rompe el beso, mi respiración no es más que un jadeo y me pesa el pecho con cada inhalación.

—No me quejo, pero ¿a qué ha venido esa bienvenida? —pregunto.

—Lo necesitaba. Lo de antes no ha sido suficiente. Ahora dime, ¿qué haces aquí, desobedeciendo mis órdenes para no variar?

Agacho la cabeza cuando me inunda la vergüenza.

—Me he enterado de una cosa sobre mi padre hoy. Me ha destrozado, Hayden. Tenía que verte porque me estoy desmoronando.

Hayden me lleva hacia la silla que hay detrás del escritorio, se sienta y me sube a su regazo. Me rodea con los brazos y me apoya la barbilla en la cabeza después de darme un beso en la sien.

—Cuéntamelo todo —susurra.

Y eso hago. Para cuando he terminado, estoy llorando de nuevo. Saco el pañuelo que me dio Sebastian, que ya está empapado de lágrimas, y me seco la cara.

—El hombre que idolatraba ahora es un extraño —digo—. Es como si lo hubiera perdido otra vez. Ahora tengo que enterrar la idea que tenía de él, la que crecí adorando.

—Te entiendo. Aunque me importaba mi madre, era difícil reconciliarla con la mujer que era drogadicta. Las personas son complejas.

—Lo sé —suspiro, y agarro más fuerte el pañuelo—, pero eso no hace que duela menos asimilarlo.

Hayden se queda en silencio por un momento, pero cuando vuelve a hablar, su cuerpo se tensa contra mí.

—¿Has averiguado el nombre de la compañía farmacéutica con la que estaba compinchado?

—Ah, sí, AstraRx. El dueño es Thomas Russell, el punto de contacto de mi padre. Es muy fuerte porque es la misma empresa para la que trabaja la madre de Harper.

—¿En serio? —pregunta, con voz aparentemente suave.

—Sí. Cuando visité a Harper en el hospital, su madre se pasó también. Ahí es cuando vi su placa identificativa. —Alargo la mano para coger el bloc de notas y la pluma, y dibujo el símbolo de memoria—. Este es el logo. ¿Lo conoces?

Si pensaba que Hayden estaba tenso antes, ahora es como una piedra.

—¿Estás segura de que este es el logo de la empresa?

—Sí, ¿por qué? —Trago saliva cuando se me ocurre algo—: No creerás que la madre de Harper era otro de los contactos de mi padre, ¿verdad?

—No lo sé, pero voy a averiguarlo.

Me echo hacia atrás para verle la cara.

—Por favor, no hagas ninguna locura. Harper no me perdonaría jamás si le ocurriera algo a su madre. Promételo, Hayden.

Aprieta la mandíbula, con la mirada encendida por sus pensamientos. Y su rabia.

—Te prometo que no voy a hacerle daño. Eso lo máximo que puedo decirte.

—No es muy tranquilizador —masculло. Y le digo a un volumen normal—: Mejor eso que nada. Gracias. —Le rodeo el cuello con los brazos y le doy un beso breve—. Con suerte, esta nueva información nos llevará a quien quiera que me haya enviado esa caja, y probablemente a identificar al asesino de mi padre. El señor Davis, el director de campaña de mi padre, me dijo que mi padre hizo todo lo que pudo para remendar sus errores. Tal vez negarse a trabajar con AstraRx lo llevara a la muerte. Tengo que creer que era un buen hombre para cuando murió, o nada en mi vida tendrá sentido.

—Shhh. No te preocupes por tu padre. Lo más importante eres tú y que estés a salvo.

—Pero si asesinaron a mi padre por estar involucrado, ¿por qué vienen a por mí? No tuve nada que ver con nada de eso. Si me he enterado hoy.

—No tengo una respuesta para eso. De todas formas, necesitas irte a casa y quedarte ahí.

Suspiro.

—De acuerdo. ¿A qué hora sales del trabajo?

—A la de siempre.

—Vale.

Hayden me ayuda a levantarme y me lleva a la puerta. Cuando la abre, mira a Sebastian.

—Lleva a Callie a casa.

—Sí, señor. —El guardaespaldas me mira—. Por aquí, señora Bennett.

Le hago una mueca a Hayden. Él me guiña un ojo. No puedo evitar sonreír antes de dejar que Sebastian me guie a través del edificio. Una vez sentada en la parte trasera, me quedo sin fuerzas y dejo caer la cabeza contra el asiento acolchado. Contarle a Hayden los actos sin escrúpulos de mi padre ha sido difícil. No es que él pueda hablar después de haberme acosado, pero no quería ensuciar la imagen que tiene del hombre que me crio. No puedo soportar la idea de que Hayden me vea de la misma manera.

Por suerte, Sebastian mantiene su actitud profesional todo el camino a casa y permanece en silencio. Aunque de vez en cuando me mira por el retrovisor. Le sonrío una vez para convencerle de que estoy bien antes de mirar por la ventanilla. Lo que he descubierto hoy me ha dejado emocionalmente agotada y, por una vez, estoy dispuesta a hacer caso a Hayden y quedarme en casa para recuperarme.

El vehículo se detiene en un semáforo en rojo cuando un destello de color llama mi atención. Es una chaqueta magenta brillante que me resulta familiar. La diminuta dueña del abrigo corre por la acera.

Completamente sola.

27

CALISTA

Me enderezo de golpe y capto la atención de Sebastian.

—¿Qué ocurre, señorita Calista?

—La conozco —le digo mientras señalo a la niña—. ¿Dónde está su madre? Nunca dejaría a Erika sola.

Antes de que Sebastian pueda reaccionar, abro la puerta de un tirón y cruzo la calle corriendo. El corazón se me sacude en el pecho.

Hago fuerza con los brazos a los lados y aumento la velocidad, impulsada por la adrenalina y el pánico. Giro por el callejón y me detengo. Erika está a cinco metros de mí, con los ojos muy abiertos por el miedo. Un hombre vestido completamente de negro tiene una mano en la boca de la niña y con la otra le apunta a la cabeza con una pistola.

—O te vienes conmigo o la mato —dice, con la voz amortiguada por el pasamontañas.

Levanto las manos lentamente.

—Por favor, no le hagas daño. Si la dejas marchar, haré todo lo que quieras.

—Mueve el culo y ven aquí —ordena el hombre.

—Todo va a ir bien, Erika. Mantén la calma.

Ella asiente. Las lágrimas le caen por la mejillas, lo que hace que se me encoja el corazón en el pecho. Cuando estoy junto al desconocido, empuja a la niña, y hace que se caiga al suelo. Me agarra de la parte superior del brazo y me clava la punta de la pistola en el costado.

—Muévete.

—Vale —digo bajito, fingiendo estar tranquila delante de Erika. Me mira desde el suelo mientras se levanta despacio—. No te preocupes por mí.

—Lo siento, señorita Calista —dice sorbiendo—. Me dijo que mi mami estaba aquí.

—Todo va a ir bien. Estoy segura de que te está buscando. Encuentra a un policía para que te ayude, ¿de acuerdo?

La veo dudar antes de echar a correr. El hombre da un paso mientras me empuja a mí también y sostiene el arma clavada en mis costillas. El corazón me late tan fuerte que ahoga los ruidos de la ciudad que nos rodea, y no puedo hacer nada salvo centrarme en eso y desear que no se me pare.

Hasta que escucho mi nombre.

Sebastian grita mi nombre por segunda vez y aparece en la entrada del callejón como un ángel vengador y con el arma cargada. La expresión de ira de su rostro se transforma en algo feroz cuando se posa en el hombre que me mantiene cautiva.

—Suéltala —dice, la demanda hace eco en el estrecho hueco entre los edificios.

El desconocido se burla.

—Vete a la mierda. —El hombre me lanza a un lado y se coloca detrás de mí, ahora me clava la pistola en la columna.

Cuando Sebastian no reacciona, el hombre alza voz:

—Te he dicho que te largues. Si no lo haces, la mato.

Sebastian sacude la cabeza.

—No, no lo harás. Alguien te ha pagado para que la entregues con vida. De lo contrario, ya habrías disparado.

—Tienes razón —contesta el hombre.

Mi captor desplaza el arma desde mi espalda hasta el espacio entre mi brazo y mi tronco. Grito cuando el arma se dispara. Sebastian chilla de dolor y se lanza detrás de un contenedor que hay junto a la pared de ladrillo. Pero no antes de que vea la sangre que se extiende por su abdomen.

En cuanto el guardaespaldas desaparece de nuestra vista, el agresor me tira hacia atrás y me adentra en el callejón. Lucho contra su agarre, grito y pataleo hasta que me golpea en la cabeza con la pistola.

Mi visión se cubre de estrellas que nublan todo lo que tengo delante. Cierro los ojos y me concentro en no vomitar por el dolor. Mi captor me agarra justo por debajo de las axilas y me arrastra.

Mi fuerza interna me pide que luche. Mi fortaleza interior me grita que luche. Si me raptan, mis posibilidades de sobrevivir disminuyen drásticamente. En un arranque de desesperación, me inclino y muerdo la muñeca del hombre. Gruñe de dolor y afloja el agarre. Planto los pies y me suelto, con todas mis fuerzas concentradas en escapar.

Me tira al suelo y, cuando me golpeo la cabeza contra el pavimento, suena un crujido nauseabundo. El dolor que me estalla en la cabeza es suficiente para debilitarme hasta tal punto que no me muevo cuando me levanta y me echa al hombro. Solo cuando me deja en el coche sucumbo por fin a la oscuridad que se cierne sobre mí.

Lo último en lo que pienso antes de desmayarme es en Hayden.

«No quería quererte, Callie, pero joder, lo hago. De forma posesiva. Irrevocable. Por completo».

Me despierto despacio, con la cabeza y el corazón palpitando.

Por diferentes razones.

Cuando trato de moverme, no puedo. No porque esté atada, sino porque estoy atontada.

No, es más que eso. Esta sensación es comparable al letargo que sentí la noche de la agresión, y se me acelera la respiración. O lucha por hacerlo.

«Me han drogado».

Abro ligeramente los párpados y observo lo que me rodea mientras recupero el enfoque, aunque mi vista sigue siendo borrosa. El salón está escasamente amueblado con un sofá verde descolorido y una mesa de centro que tiene más arañazos que el revestimiento que cubre su superficie. El papel de la pared está descascarillado en algunas partes y la combinación de colores está muy pasada de moda, pero el hombre que está de pie a unos metros va impecablemente vestido. El traje de diseño no es el adecuado para esta casa decrépita, pero yo tampoco lo soy.

—Por fin se despierta, señorita Green —dice con voz suave. Se desliza sobre mí como el aceite y me impregna mientras permanezco tendida en la moqueta raída—. Llevas dormida mucho rato. Tanto, de hecho, que he empezado a preocuparme.

Abro la boca para hablar, pero lo único que sale es un graznido de dolor. Él frunce el ceño y ladea la cabeza mientras me observa.

—Mmm. Todavía no es hora de matarte de una sobredosis.

El miedo se apodera de mí y se combina con el asco que me revuelve las tripas. Saber que estoy a merced de este monstruo es una cosa, pero tener claro que va a matarme es otra.

Chasquea los dedos y me sobresalto. Un secuaz, el que me secuestró, aparece con un vaso de agua. El hombre del traje lo coge, se acerca a mí y se agacha. Me acerca el borde a los labios y bebo. Sigo sintiendo un sabor químico en la boca y aún tengo el cuerpo flojo, pero al menos estoy un poco más consciente.

Deja el vaso sobre la mesita y apoya los antebrazos en la parte superior de los muslos. Me sonríe, con la crueldad brillando en sus ojos marrones.

—Parece que mandar a la pelirroja al hospital ha sido suficiente para atraerte. Me costó horrores encontraros a ti y al señor Bennett.

—¿Cómo?

Él continua como si yo no hubiera hablado.

—Eres muy hermosa. Demasiado, de hecho. No me he olvidado de ti, ¿sabes?

Aunque cada parte de mí quiere esconderse, me fuerzo a mantenerle la mirada. No voy a mostrarle lo intimidada que me siento, no me importan los planes que tenga para mí. Si voy a morir, será con mi orgullo intacto.

—Supongo que no te acuerdas de mí, de otra manera ya me habrías contactado, Calista.

No puedo evitar el escalofrío que me recorre el cuerpo. Pronuncia mi nombre con una familiaridad inquietante. Siento la lengua pesada en la boca, pero me obligo a hablar, con la necesidad de respuestas bullendo en mi garganta.

—¿Qué...? ¿Qué es lo que quieres? —consigo decir con voz ronca—. ¿Quién eres?

—Te vi una vez en una fiesta del partido cuando eras muy pequeña. —La sonrisa del hombre se ensancha y adopta un cariz malicioso—. Conocía muy bien a tu padre.

—Thomas Russell.

Asiente.

—Culpable. Cuando llegue el señor Bennett, responderé a todas tus preguntas.

—¿Hayden? ¿Qué tiene que ver él con todo esto?

—Tiene *todo* que ver con esto.

28

HAYDEN

Desde el momento en que Calista desaparece de mi campo de visión, vuelvo a mi despacho y cierro la puerta. Luego procederé a murmurar todas las palabras soeces que se me ocurran hasta que sea menos probable que mate a alguien antes de que termine mi jornada laboral. Eso creo.

Todavía no lo he decidido.

Me dejo caer sobre la silla y el cuero cruje a modo de protesta.

«Puto AstraRx. ¿Cómo no he atado cabos?».

Después de sacar la pastilla del cajón, la coloco junto al dibujo que ha dejado Calista y los observo desde una nueva perspectiva. El símbolo de la compañía farmacéutica no es el mismo que hay en la pastilla, pero la estrella está escondida *dentro*. Me di cuenta mientras Calista lo dibujaba. El primer par de trazos dibujaban la forma antes de que quedase cubierto por el nuevo logo.

«Tienes que tenerlos muy bien puestos para no molestarte en deshacerte del símbolo por completo —digo—. Ha dejado un rastro que lleva directo a ti».

Después de acercarme el portátil, tecleo el nombre de la compañía en el buscador y pulso *enter*. La información que tengo delante no me dice nada, pero tampoco es que esperara encontrar indicios de actividades ilegales en la página de inicio. La web no tiene nada fuera de lo común. Ni de lo legal. Hago clic en el directorio y el perfil de Melissa Flynn me devuelve la mirada. Las similitudes entre esta mujer y su hija son asombrosas.

«¿Estás involucrada? —murmuro para mí mismo—. ¿Sabías lo que el senador Green estaba haciendo? ¿O Thomas Russell era su único punto de contacto?».

Después de seleccionar el link del dueño de AstraRx, observo al hombre y contemplo su pelo rubio y sus ojos marrones. A primera vista, parece un ambicioso hombre de negocios como cualquier otro, con un traje caro y una mirada astuta. Lo único que me llama la atención es su edad y el número de años durante los que ha sido dueño de la empresa.

«Es lo suficientemente mayor como para ser el responsable de fabricar la droga que condujo a mi madre a la muerte…», pienso

Esa idea me golpea y me roba el aire de los pulmones. Respiro a bocanadas mientras el pecho se me agita hasta que los latidos del corazón dejan de retumbarme en la cabeza.

«Voy a por ti, hijo de puta —digo, y golpeo con un dedo la pantalla, haciendo que los píxeles se distorsionen—. Ir a por mi madre es una cosa, ¿pero tener a Calista como objetivo? —sacudo la cabeza—. Voy a disfrutar cuando te arranque la piel del cuerpo».

Me quedo sentado y pierdo la noción del tiempo revisando cada fármaco que AstraRx ha sacado al mercado. Cuando me suena el teléfono con una llamada, me froto los ojos antes de cogerlo y mirar la pantalla. Aparece un número desconocido y se me eriza el vello de la nuca.

—¿Quién es? —contesto con voz severa.

—Hola. —El hombre al otro lado de la línea suena alegre, un tono edulcorado que me pone de los nervios al instante—. Señor Bennett, tengo algo que le pertenece.

De fondo se escucha un leve gemido, seguido de un gruñido de dolor de una mujer, que hace que me tiemblen las manos. De rabia y de miedo.

«No, por favor, no».

—La señorita Green te envía saludos —dice el hombre—. Aunque no por mucho tiempo.

Agarro el borde del escritorio para evitar golpearlo. Sea quien sea este cabrón, no debo dejar que note lo alterado que estoy por el estado de Calista. No puede saber que la simple idea de que esté herida me destroza.

—¿Dónde está? —pregunto, concentrado en mantener el tono sereno—. Quiero hablar con ella.

—Un momento.

Un grito de dolor me golpea los oídos y siento cómo la sangre me abandona el rostro.

Mierda.

¡MIERDA!

¿Cómo ha pasado esto? He visto a Calista hace menos de una hora.

Él hombre suelta una risita.

—No está en posición de exigir nada, señor Bennett.

—¿Qué es lo que quieres?

—Tienes una hora para aparecer en la dirección que se te acaba de enviar. De lo contrario, te enviaremos el cuerpo de la señorita Green. Hecho pedazos.

La llamada termina y me deja mirando al teléfono aturdido.

—No…

Se me hunde el estómago.

Esto no puede estar pasado, joder.

A ella no.

Llamo a Sebastian de inmediato, listo para arrancarle los brazos del cuerpo si no responde. Después de muchos segundos de agonía, acabo colgando. El hecho de que no haya atendido mi llamada me dice todo lo que tengo que saber. Con suerte, no está muerto. Me apresuro a mandarle un mensaje a Zack para que investigue su desaparición.

La dirección de la que hablaba el hombre misterioso aparece en un mensaje de texto, así como la advertencia de que venga solo y desarmado. Lo leo frunciendo el ceño. Está en una zona industrial de la ciudad. Un lugar que me resulta familiar. ¿Por qué llevaría allí a Calista?

Da igual. Necesito llegar hasta ella.

Me pongo de pie, y empujo la silla con tanta fuerza que se estrella contra la pared. Luego atravieso la puerta y me dirijo al ascensor que lleva al aparcamiento subterráneo.

—Señor Bennett, estaba a punto de preguntarle si le gustaría tomar el almuerzo de siempre, pero veo que tiene prisa —me dice Josephine desde detrás de su escritorio.

—Cancélalo, Josephine. Vuelvo luego.

—Pero señor…

No la dejo terminar y corro hacia las puertas metálicas.

—¡Vamos! —gruño, mientras presiono varias veces los botones.

Finalmente se abren y entro en el interior, dando toques con el pie mientras el maldito ascensor avanza a paso lento.

Cuando se abren las puertas, me bajo en la planta del garaje. Mi chófer ya está junto a la puerta abierta del vehículo, esperando para llevarme, y yo le hago un gesto de rechazo con la mano.

—Hoy conduzco yo.

Llego a la casa de mi infancia.

Este hijo de puta ha traído a Calista aquí para atormentarme. No hay otra explicación para elegir este lugar en específico.

Agarro tan fuerte el volante que los nudillos se me ponen blancos y empiezo a tener una sensación de hormigueo en los dedos. Cuanto más observo la casa, más náuseas siento. Me prometí a mí mismo que nunca volvería a poner un pie en este maldito sitio.

Aquí es donde murió mi madre.

Y no pienso permitir que le ocurra lo mismo a Calista.

Tomo una bocanada de aire, me bajo del coche y camino por el sendero del jardín. Cuando llego a la puerta principal, siento la tentación de darle puñetazos. En lugar de eso, llamo una vez con los nudillos. No hace falta hacer más que eso porque el gilipollas que está dentro me está esperando.

Se abre la puerta y, el mismo hombre que se mostraba hace un momento en la pantalla de mi ordenador, está ahora en el recibidor. Thomas Russell me apunta con un arma al pecho.

—Qué alegría que haya podido venir, señor Bennett —dice, con los ojos oscuros y siniestros—. Ha venido más rápido de lo que le creía capaz. Parece que la señorita Green es más importante para usted de lo que imaginaba.

—¿Dónde está?

—¿Por qué no entras? Estás en tu casa —Russell suelta una risita—. Por eso de que vivías aquí. Ha tenido su gracia.

El sonido de su risa me hace temblar de ganas de pegarle, pero mi necesidad de ver a Calista es más fuerte. Avanzo a grandes zancadas y freno en seco cuando la encuentro tirada en el suelo. Completamente inmóvil.

El corazón se me para y corro a su lado, me agacho para tomarle el pulso. Es débil, pero está ahí. Siento un gran alivio mientras lucho contra el impulso de estrecharla entre mis brazos. Mis instintos me gritan en señal de protesta cuando aparto las manos, pero no puedo mostrar debilidad.

Calista parece tan frágil, tiene la piel pálida y respira con dificultad. Parpadea despacio y puedo ver el momento en el que me reconoce porque mueve la boca para decir mi nombre. Me parte el alma. Pensaba que sabía lo que era que te rompieran el corazón, pero no lo he sabido realmente hasta este momento.

Me levanto, me giro hacia Russell y lo fulmino con la mirada, sin molestarme en ocultar mi furia.

—¿Qué le has dado?

—No te preocupes, nada que la vaya a matar de inmediato —dice, apoyado en la pared con los brazos cruzados—. Tú y yo tenemos que tener una charlita antes.

Miro alrededor y me vienen recuerdos de mi infancia.

Vuelvo a ser un niño, que regresa a casa del colegio y me encuentro a mi madre desplomada en el suelo del salón, justo donde está Calista. La piel de mi madre tenía la misma palidez enfermiza y respiraba con dolor y de forma superficial. El miedo que sentí en ese momento me hizo entrar en pánico. Me quedé mirándola fijamente por varios minutos con la certeza de que la perdía. Entonces le supliqué que se despertara antes de que llegara la ambulancia y la declararan muerta.

Ver así a Calista… me aterra. Nunca he estado tan asustado en toda mi vida.

—Voy a matarte —le digo en voz baja.

—Sí, ¿igual que hiciste con el senador Green?

«Mierda».

Me quedo helado, sus palabras hacen que me invada un temor frío. *Lo sabe.* De algún modo, este miserable sabe la verdad sobre lo que pasó entre el padre de Calista y yo.

—Ay, venga ya, no te hagas el tonto —dice—. Sé todo sobre tu pequeño enfrentamiento con el querido senador aquella noche.

Calista se revuelve a mi lado, inhala con fuerza, pero no puedo mirarla. No quiero ver la expresión de dolor en su cara. Y no quiero que vea la expresión de culpa que sin duda hay en la mía.

29

CALISTA

—Voy a matarte —le dice Hayden a mi captor.

—Sí, ¿igual que hiciste con el senador Green?

Me quedo mirando a Hayden y espero a que lo niegue. Él no me mira. La ansiedad se apodera de mí y el corazón me da un vuelco en el pecho. ¿Por qué no dice nada?

—Ay, venga ya, no te hagas el tonto —dice Russell mientras sacude la cabeza y chasquea la lengua—. Sé todo sobre tu pequeño enfrentamiento con el querido senador aquella noche.

Por primera vez, creo que la muerte no podría ser lo peor que me pasara. Como si me hubieran pegado una patada en el estómago, tomo aire y me acurruco sobre mí misma. Siento el impulso de agarrarme a la pierna de Hayden para no perderme en mis emociones, pero al mismo tiempo, la idea me provoca rechazo.

—Todo lo que crees saber es falso —responde Hayden.

Russell extiende los brazos.

—¿Cómo puede ser falso si fui yo quien te condujo a hacerlo?

Hayden no se mueve, pero se le tensan los músculos de las piernas bajo el pantalón del traje. No me habría dado cuenta de no ser porque lo tengo delante de mi vista. Lo miro a él y luego a Russell, sin saber a quién debo mirar. ¿Quién es mi verdadero enemigo?

En este momento, ambos lo son.

—¿De qué estás hablando? —pregunta Hayden.

—¿Crees que eres el único capaz de contratar a un *hacker*? —Russell deja caer los brazos a los lados con una palmada—. Me aseguré de ir dejando «pistas» que te llevaran a creer que el senador Green mató a su secretaria. Fui yo, por cierto.

—¿Por qué? —digo, mi voz no es más que un jadeo.

Los dos hombres miran en mi dirección, pero yo mantengo mi atención en Russell. Nada me importa más que encontrar respuestas.

—Tu padre me ayudó mucho cuando compré AstraRx —dice Russell, sosteniéndome la mirada—. Cuando escribí mi tesis doctoral, lo hice sobre depresivos y sus efectos en el sistema nervioso central. Después de comprar la compañía farmacéutica, quería ampliar la investigación y desarrollar un fármaco que se pudiera comercializar. Por desgracia, no logré que pasara los controles de la FDA hasta que el senador Green intervino. Aunque eso no me impidió lanzarlo a las calles.

Se gira hacia Hayden.

—La drogadicta de tu madre consiguió mi contacto a través de su novio y murió en esta misma habitación. Tal vez te consuele saber que no fue la única que murió de sobredosis. Esa droga era tan potente que con muy poca cantidad se podía traspasar el límite.

—¡Hijo de puta! —Hayden da un paso al frente y yo extiendo un brazo para agarrarlo del zapato. Él se queda quieto con el contacto y agacha la cabeza para mirarme. Cuando nuestros ojos se encuentran, trago saliva ante la furia infernal que arde en lo más profundo de su mirada.

—No lo hagas —susurro.

—Hazle caso a ella —Russell me señala con la cabeza—. Si no lo haces, vas a conseguir que te mate antes de lo que me gustaría. Volviendo al tema: después de esa debacle con el primer fármaco, cambié a otro. Los consumidores la llaman *roofie*, pero tiene la potencia del Valium. Provoca un subidón como el de la cocaína, pero con un efecto similar al de la heroína.

Suspira.

—Es una maravilla. ¿No crees, Calista? Después de todo, esta es la segunda vez que lo experimentas. Dudo que recuerdes la primera vez que te lo di en el centro de acogida.

—Dios mío. —Se me revuelve el estómago cuando los recuerdos, tanto claros como confusos, me invaden la mente. Me dan arcadas y vomito sobre la alfombra—. Fuiste tú.

Hayden me lleva con cuidado al sofá lleno de polvo antes de girarse para mirar a Russell.

—¿La violaste?

Observo el enfrentamiento mientras lucho por controlar mi respiración agitada por el pánico. El abrecartas se me clava en el costado y meto lentamente la mano en el abrigo, mientras me concentro en mantener una expresión aturdida. Si el secuestrador me hubiera registrado como lo hizo con Hayden, me habría quitado la única arma que tenía a mi disposición.

—Estoy seguro que te gustaría saber lo que le hice mientras estaba inconsciente —levanta una ceja, sarcástico—, pero aunque me encantaría seguir jodiéndote la mente, necesito que sepas la verdadera razón por la que os he traído aquí. Señor Bennett, ¿de verdad creías que ibas a matar a toda esa gente e irte de rositas? —pregunta Russell con expresión incrédula—. Te llevo observando muchos años. Puede que me llevara un tiempo atribuirte ciertas muertes, pero al final, descubrí el patrón. Si no hubieras rastreado mi empresa en las bases de datos del gobierno cuando te hiciste abogado, tal vez nunca te hubiera encontrado.

Hayden se cruza de brazos.

—¿En serio?

—Solo matas a aquellos a los que nos puedes meter entre rejas mediante el sistema judicial —dice Russell, con la atención puesta en Hayden—. Matthews. Parkinson. Deter. Eres un hombre inteligente. No me digas que no reconoces los nombres de tus víctimas.

—Te mentiría si te dijera que no me resultan familiares.

—¿Familiares? ¡Ja! —Russell se da una palmada en el muslo—. Te familiarizaste bastante cuando les degollaste y enterraste sus cuerpos. Abogados… siempre eligiendo cuidadosamente sus palabras.

Envuelvo la empuñadura con dedos temblorosos. Puede que me dispare antes de que tenga la oportunidad de usarla, pero tengo que intentarlo. Hayden ladea la cabeza y se limita a esperar. Está lleno de algo más explosivo que la rabia y más violento que el odio.

No sé cuánto tiempo más podrá contener esa oscura energía. Tengo que estar preparada.

—¿Sabes lo difícil que es encontrar delincuentes lo suficientemente inteligentes como para que no les pillen, pero que si lo hacen, no te hundan con ellos? —Russell suspira—. Te aseguro que es muy complicado. Y por si fuera poco, hay cierto *abogado* al que se le da muy bien dejar fuera de juego a mis distribuidores enviándolos a la cárcel o mandándolos al infierno después de matarlos.

—El sistema judicial no siempre es justo —dice Hayden encogiéndose de hombros con indiferencia—. ¿Cómo iba a saber que eras tú quien estaba distribuyendo droga en las calles para tu propio beneficio? Si lo hubiera sabido, te habría matado y me habría ahorrado muchos problemas.

Russell da un paso intimidatorio hacia Hayden, pero se detiene cuando este entorna los ojos.

—¡He perdido millones por tu culpa, imbécil arrogante!

—Nada que no me hayan dicho antes. Vas a necesitar algo mejor que eso si quieres enfadarme.

—¿Es esto suficiente para ti? —Me apunta con el arma—. Hablas mucho, Bennett, pero no olvides quién manda aquí.

Hayden levanta los brazos en señal de rendición.

—Tranquilo, Russell.

—¿Ahora quieres aplacarme? —Tuerce los labios en una mueca de desprecio—. Vete a la mierda.

Se acerca a donde estoy tumbada en el sofá, sin dejar de apuntarme con el arma de fuego.

—¡Atrás! —En cuanto Hayden obedece, Russell me agarra del pelo y me presiona la pistola contra la sien—. Voy a disfrutar viéndote sufrir mientras muere.

No me lo pienso. Le entierro el abrecartas en el muslo con todas las fuerzas que puedo reunir. Russell deja escapar un aullido de dolor justo antes de que Hayden se abalance sobre él y lo tire al suelo. El arma cae con un ruido sordo.

La visión se me nubla cuando me levanto del sofá y me coloco de rodillas sobre la alfombra. Me pongo en marcha, a pesar del efecto de la droga. Lo único en lo que pienso es en coger el arma.

Hayden le da un puñetazo a Russell en la mandíbula y el hombre echa la cabeza hacia atrás. Cuando estoy a menos de medio metro del arma, Hayden la coge. Dirige el cañón hacia la entrada y aprieta el gatillo cuando se abre la puerta y aparece el secuaz.

Grito al oír el ruido, pero no me muevo. Miro absorta cómo el color rojo se expande en el pecho del hombre antes de desplomarse en el suelo. Hayden acapara mi atención cuando se pone en pie.

Con el pulso retumbándome en los oídos, le miro mientras coge una almohada del sofá y presiona la punta de la pistola contra ella. Me quedo boquiabierta al ver el silenciador improvisado.

Entonces, dispara a Russell. Dos veces. Una bala en cada rodilla.

Hayden se coloca junto a él con una sonrisa de satisfacción mientras el hombre solloza de dolor.

—Así no saldrás corriendo mientras llevo a Calista al hospital, pero cuando vuelva, tú y yo vamos a tener una charlita.

La cabeza me da vueltas. No solo por estar drogada, sino por el esfuerzo de procesar toda la información.

Hayden mató a mi padre. Y no solo a él, sino a muchos otros.

Russell mató a la secretaria de mi padre y me agredió para intimidarlo y mantenerlo a raya. Y ahora Hayden va a matarle por ello y por matar a su madre de forma indirecta.

Nunca volveré a estar cuerda.

Hayden se guarda el arma en la cintura y se agacha a mi lado. Lo miro, sin esforzarme en ocultar mi mirada acusatoria.

—¿Cómo has podido? —le pregunto, con los ojos llenos de lágrimas.

Él no me contesta. En lugar de eso, me coge en brazos y me aprieta contra su pecho. Noto en la oreja cómo su corazón late furioso y cómo me agarra con más fuerza de lo normal.

—Vamos a llevarte al hospital, Callie. Luego te lo explicaré todo. Te lo prometo.

Su voz es suave, pero puedo notar que está inquieto. Se preocupa por mí. No lo dudo, pero ¿cómo puedo creer nada de lo que dice?

30

CALISTA

Abro los ojos entre parpadeos bajo la intensa luz fluorescente. Escucho el pitido, familiar y constante de una máquina cercana y el olor a antiséptico me golpea la nariz. Estoy en el hospital.

Otra. Puta. Vez.

En seguida busco a Hayden, aliviada y a la vez decepcionada por su ausencia. La última vez que estuve aquí, no se fue de mi lado. Me vienen recuerdos fugaces: Russell, los secretos, los disparos.

Empiezo a sentir náuseas. Si Hayden no está aquí, estará con Russell, cumpliendo la promesa de vengar a su madre. Y a mí.

No puedo negar la enfermiza satisfacción de saber que mi agresor está muerto. O a punto de estarlo, si lo que dijo sobre Hayden era cierto. En el fondo le creo, o no estaría nerviosa por la idea de verlo.

Una enfermera entra en la habitación; las suelas de goma chirrían sobre las baldosas del suelo.

—Qué bien, estás despierta —dice con una sonrisa radiante—. Estábamos empezando a preocuparnos de que no te despertaras después del lavado gástrico.

Poso una mano sobre mi abdomen, con la garganta demasiado seca como para responder. Como si sintiera la molestia, la enfermera me da un vaso de agua. Después de darle varios sorbitos, lo intento de nuevo.

—¿Qué me ha pasado?

Aunque sé la respuesta, soy prudente, ya que no tengo ni idea de lo que Hayden le ha contado al personal del hospital al traerme aquí. Tal vez no confíe en él, pero estoy demasiado alterada como para hacer algo que pudiera llevarlo a la cárcel.

—Has tenido un buen susto, pero ahora ya estás a salvo.

Miro la etiqueta que lleva su nombre.

—Gracias, Nicole.

—No hay de qué. Por suerte has vomitado casi todas las pastillas. De lo contrario… —Se detiene y hace una mueca—. En fin, ya no tienes que preocuparte.

Me estremezco al recordar a Russell apuntándome con la pistola y diciéndome que me tragara las pastillas.

—Genial. ¿Dónde está el señor Bennett? El hombre que me trajo aquí.

—Tu marido ha estado aquí hasta que terminó el procedimiento y estuviste estable. Me dijo que te hiciera saber que volvería, que no te asustaras.

Una carcajada histérica me sube por la garganta y me la trago. Su ausencia no es lo que me asusta. En este momento es todo lo contrario. Controlo mis facciones y pongo cara de consternación.

—Ay, no me puedo creer que me haya olvidado de decírtelo —dice—. El bebé va a estar bien. No ha sufrido ningún daño por los medicamentos, lo cual es una suerte.

La miro, parpadeando.

—¿Estoy embarazada? Deber ser un error. ¿Estás segura de que me han desintoxicado? Acabo de imaginarte diciendo algo que es imposible.

La mujer me sonríe.

—Es *completamente* posible.

—No, uso anticonceptivos. —Sacudo la cabeza enérgicamente—. Me los pincharon hace unas semanas.

Su sonrisa desaparece. Coge el historial de la mesa auxiliar y la cara se le nubla de confusión.

—No, aquí mismo dice que estás de unas cuatro semanas.

No necesito mirarme al espejo para saber que tengo cara de pánico. La enfermera me da una palmadita en el hombro.

—La inyección tiene alrededor de un 94 por ciento de eficacia y ningún anticonceptivo funciona al cien por cien —dice—. Puede que hayas entrado en ese pequeño porcentaje de fallo.

—¿Se lo han dicho a Hayden? Quiero decir… ¿a mi marido? —Cuando sacude la cabeza, me dejo caer sin fuerzas sobre el colchón—. De acuerdo, por favor, no lo hagas. Quiero ser yo quien se lo diga.

Ella asiente.

—No te olvides de la ley de protección de datos. No le des acceso a tu expediente médico si no quieres que lo sepa.

—Gracias. Lo tendré muy en cuenta.

La idea de que Hayden sepa que estoy embarazada me da ganas de desmayarme. Después de todo lo que hemos pasado, se merece la oportunidad de defenderse de las acusaciones de Russell. Pero mi intuición me dice algo que no soy capaz de asimilar.

Que es culpable.

Me quedo mirando al techo, todavía dándole vueltas a la noticia de que estoy embarazada.

¿Qué voy a hacer?

Este bebé tiene una madre que, aunque no está del todo sin blanca, tampoco tiene precisamente una carrera estable con la que darle una vida cómoda. Por otra parte, el padre tiene dinero más que suficiente, pero es un asesino.

Que ha matado a su abuelo. Espectacular.

Suspiro y cierro los ojos, trato de concentrarme en otra cosa. No funciona. Solo puedo pensar en Hayden y en su reacción cuando se entere de que estoy embarazada. Si antes era sobreprotector, temo lo mucho que lo será ahora.

Hay una ligera posibilidad de que sea menos controlador ahora que Russell está fuera de la ecuación. O, al menos, asumo que lo está. Teniendo en cuenta los dos tiros en las rodillas que le dio Hayden, no creo que me equivoque.

Estoy enamorada de un demente.

Como si mis pensamientos lo hubieran conjurado, Hayden entra en la habitación. Se me forma un nudo en el estómago. La última vez que le vi, tenía una pistola en la mano y una rabia descomunal en los ojos que ardía con más fuerza que un fuego infernal. Ahora está de pie frente a la puerta cerrada, con expresión cautelosa.

En mi interior se arremolinan miles de pensamientos y emociones al verle. Me agarro a las sábanas ásperas del hospital para que no me tiemblen las manos.

—¿Cómo te encuentras? —pregunta con suavidad.

A pesar de todo, me ablando un poco ante la ternura de su voz.

—¿Sinceramente? Abrumada. Me duele la cabeza cada vez que intento buscarle sentido a todo esto, lo único que quiero es dormir.

Hayden asiente, camina dentro de la habitación hasta que se coloca a los pies de la cama. Cerca, pero con suficiente distancia como para que mi ansiedad no se dispare.

—Es entendible, teniendo en cuenta por todo lo que has pasado.

—¿Sabes qué le ha pasado a Sebastian? Había una niña pequeña que se llama Erika. También estaba allí, pero debería haber escapado.

—Sebastian ha tenido días mejores. A pesar de haber recibido un disparo y perdido mucha sangre, se recuperará. La niña ha vuelto con su madre. Una vez que te atrajo hacia el callejón, ya no se preocuparon por ella, y estaba bien. Agitada, pero bien. Por favor, no te preocupes por ellos. Eres tú la que necesita atención, Callie.

—No estabas aquí cuando me he despertado... —dejo la frase a medias, incapaz de formular la pregunta que quiero hacer.

—Ya sabes dónde estaba.

Me muero el interior de la mejilla.

—¿Está...?

Asiente con la mandíbula apretada.

—Sí. Si alguna vez lo encuentran, no podrán identificarle.

—Bien.

Hayden esboza una pequeña sonrisa.

—Esa es mi chica.

Dejo escapar un suspiro tembloroso mientras noto que el alivio me inunda. Me purifica. Russell ya no está, está muerto y enterrado. Aunque ya lo sospechaba, oír a Hayden confirmarlo con absoluta certeza me reconforta de una forma que no sabía que necesitaba.

—Ni él ni nadie va a hacerte daño de nuevo —dice.

—No debería estar feliz, pero lo estoy.

Hayden se burla.

—Que le den a ese tío. Nadie te toca y vive para contarlo.

Asiento con un nudo formándose en mi garganta. Por muy complicada que sea la situación con Hayden, todavía me importa. Demasiado.

—Gracias.

—Haría cualquier cosa por ti —responde. Después de caminar hasta un lado de la cama, se sienta con una larga exhalación, y me mira con una expresión ilegible—. ¿Estás segura de que estás bien?

—Sí.

Hayden se pasa una mano por el pelo.

—No podía dejar que se saliese con la suya. Sabes que tuve que irme por eso, ¿verdad? —Asiento, y él continúa—: No solo es eso, es que no podía verte...

—Morir.

—Joder, ni siquiera puedo decir la palabra cuando se trata de ti. —Acerca la mano para tocarme, pero vuelve a recoger el brazo.

No sé si me siento aliviada o decepcionada.

—¿Qué pasa?

Hayden cierra los ojos.

—Me da miedo que todo esto sea un sueño y que, en realidad, no estés viva. Que todavía esté en esa casa donde murió mi madre, pero en lugar de a ella, es tu cuerpo el que encuentro. No podría soportarlo. No puedo vivir sin ti.

—Oye —susurro, y le tomo la mano entre las mías. Ahuyento el miedo que se agita en mi interior. Debe de haber sido traumático para Hayden estar allí después de tantos años. Vuelvo a centrar mis pensamientos porque ahora necesita que lo tranquilicen, igual que yo necesitaba saber lo de la muerte de Russell—. Estoy bien, Hayden. Esto es real. Estamos juntos, sentados en esta cama.

Me mira, con la mirada cargada de anhelo.

—¿Estamos juntos de verdad, Callie?

Me quedo quieta. No quiero mentirle, pero no puedo darle la respuesta que quiere.

—Yo… no lo sé. Tenemos que hablar de muchas cosas, pero no sé si tengo el valor de oírlas.

—Podemos hacer esto ahora o esperar a que estemos en casa. Darte a elegir es lo menos que puedo hacer.

—Vamos a tener esta conversación aquí —digo mientras asiento con determinación—. Así, si me da un infarto, estaré en el mejor lugar posible para sobrevivir.

Me mira con el ceño fruncido, mientras se aferra a mi mano como a un salvavidas.

—No tiene gracia.

—No era una broma.

—No puedo negar que he hecho cosas terribles y que he tomado decisiones que desearía poder deshacer —me dice despacio—. Algunas de ellas no pueden justificarse ni perdonarse tan fácilmente. Pero, a pesar de todo, te quiero, Callie. Eres lo único que tengo que hace que merezca la pena vivir. Antes vivía para hacer justicia, ahora vivo por ti.

Tengo que respirar hondo varias veces antes de poder formar palabras. Incluso cuando lo consigo, salen temblorosas dejando al descubierto mi lucha interna:

—Lo único que quiero de ti ahora es que seas completamente honesto. No quiero medias verdades, ni que me ocultes cosas. Quiero saber todo lo que te ha llevado a hacer lo que has hecho.

—Voy a explicártelo, aunque ya lo sabes. ¿Todo lo que Russell te dijo? —Hayden desvía la mirada y un destello de dolor le recorre fugazmente el rostro—. Te contó la verdad. Cómo me tendió una trampa para que creyera que tu padre había asesinado a una mujer inocente, el tipo de persona que estaría tentado a matar para proteger a la sociedad. Funcionó. Me engañó y acabé con la vida del senador. Cargaré con ello hasta el día en que me muera.

»Cuando murió mi madre, me juré a mí mismo que no solo la vengaría a ella, sino a cualquier mujer que hubiera tenido un final similar. Trabajé en ambos lados de la ley, como abogado y como criminal, con el único objetivo de asegurarme de que ningún culpable se saliera con la suya tras un crimen tan espantoso. Las decisiones que he tomado, tanto buenas como malas, me han llevado hasta ti.

Me mira y me suelta la mano para deslizar los dedos por mi mejilla.

—Todo el dolor y el sufrimiento han merecido la pena solo por tener la oportunidad de conocerte. Y más aún, por tener el honor de quererte.

—Hayden… —Su nombre brota cargado de un dolor que se derrama sobre cada letra.

—Siento muchísimo lo que hice —dice con voz tensa—. Sé que no merezco tu perdón, pero lo necesito. Igual que te necesito a ti. Por favor, Callie.

Su desesperación es tan evidente que me rompe.

Se me llenan los ojos de lágrimas y caen por mis mejillas. No me molesto en secarlas porque sé que vendrán muchas más.

—Me creo que estés arrepentido y entiendo que el dolor de perder a tu madre te llevó a hacer las cosas que hiciste, pero comprenderlo no cambia nada ni hace que duela menos.

Alarga la mano para apartar suavemente las lágrimas de mis mejillas, con una angustia descarnada en la mirada.

—Tienes razón. —Tembloroso, toma aire—. ¿Qué hago ahora?

Me sobresalto al notar el rechazo hacia sí mismo en su rostro.

—Necesito tiempo. ¿Puedes dármelo?

Sus ojos se entrecierran con desagrado y se me acelera el pulso.

—¿Cuánto necesitas?

—El duelo no tiene fecha de caducidad —contesto cortante—, como tampoco lo tiene el perdón. Me has dicho que harías cualquier cosa para recuperarme, pero en cuanto he mencionado que necesito tiempo para mí misma, vuelves a ser el mismo de antes. Si de verdad quieres demostrarme que puedo confiar en ti, tienes que dejarme ir.

Deja escapar una risa que no refleja ninguna diversión.

—De eso nada.

31

CALISTA

Me escapo a la mañana siguiente mientras Hayden está en un juicio.

Tras hablar con la policía sobre el «incidente» y culpar a las pastillas por mi falta de detalles útiles —sin señalar a Hayden— salgo del hospital. Ojalá no llevara la misma ropa de antes. Verlas me recuerda a Russell y me revuelve el estómago.

O quizá sea por el embarazo.

«Por favor, no me causes problemas igual que tu padre, ¿vale? —le susurro a mi vientre—. Apenas puedo tratar con un Bennett. No quiero a otro complicándome más la vida».

Se me entrecorta la respiración al pensar en la reacción de Hayden cuando descubra que me he ido. Puede que le haya dejado una nota para que sepa que estoy bien, pero él no va a estarlo. Va a tener un cabreo de narices, para ser más exactos.

Tiene demasiado interiorizada la posesividad como para dejarme tener independencia real. Y no solo pienso en mi vida. Estar embarazada lo ha cambiado todo. Tal vez no sea lo suficientemente fuerte como para alejarme de Hayden, pero puedo, y lo he hecho, por este bebé.

Hasta que Hayden no esté listo para cambiar, lo nuestro no va a funcionar.

Eso no quiere decir que no me esté matando.

Me cuesta caminar por la acera y subirme al taxi que me está esperando.

—¿Dónde la llevo? —pregunta el conductor.

—Al banco que está en la esquina de Weston Drive.

—De acuerdo.

Miro por la ventana con la mirada perdida, a pesar de la cantidad de adrenalina que fluye por mi cuerpo. No ha sido fácil tomar la decisión de dejar a Hayden, pero es lo correcto. Ojalá pudiera saborear este pequeño bocado de libertad.

El taxi me deja en el banco. Entro y retiro todo el dinero de mi cuenta. Salir del radar es difícil si dependes de tarjetas de débito, y no se me olvida que Hayden tiene un hacker en plantilla.

El siguiente lugar donde me deja el taxi es el campus universitario, donde resisto el impulso de correr hasta la residencia. Concretamente, a la habitación de Harper. Decir que se sorprende al abrir la puerta es quedarse corta. Y decir que me alegro de verla es otra, ni te cuento.

La abrazo y suelto un gritito. Ella no tarda en devolverme el abrazo.

—¿Qué te ha hecho ese cabrón? —pregunta—. Te juro por Dios que si te ha hecho daño voy a cargármelo.

La idea de que mi mejor amiga se cargue contra mi novio —¿exnovio?—, el cual sí que ha matado gente, hace que me suba una risita histérica por el pecho. Se aparta para mirarme con el ceño fruncido.

—Ay, venga, pasa dentro. Estoy segura de que en algún sitio ya es buena hora para empezar a beber.

La sigo a través de la puerta, mientras me seco las lágrimas. El dormitorio es pequeño pero acogedor, con luces brillantes que cuelgan del techo y cojines de colores sobre la cama. Una de las paredes está pintada de morado oscuro y tiene cuadros impresionistas enmarcados. La cama tiene un edredón con un estampado bohemio que hace juego con la alfombra mullida. Entre la decoración artística destaca un póster.

—«Utilizo el sarcasmo, porque pegar palizas está mal visto» —leo en alto con una sonrisa.

Harper se encoge de hombros.

—Es la verdad. —Se sienta y da golpecitos en el hueco vacío a su lado—. Siéntate. Sé que no has venido aquí para quedarte mirando mi maravilloso póster.

—Ojalá —mascullo. Me dejo caer sobre el colchón y suelto un largo suspiro—. Quiero contarte todo, pero no ahora. ¿Podemos fingir que somos dos estudiantes de universidad normales por un rato?

—No pensaba que tendría que sacar el bong tan pronto pero... —Cuando abro los ojos como platos, ella se ríe—. Es broma. Vamos a pedir comida y a ver pelis hasta que nos quedemos bizcas. ¿Te apetece?

—Es perfecto.

—Te he echado de menos.

Poso la cabeza en su hombro.

—Yo a ti más.

Harper pide una cantidad de comida descomunal: pizza, alitas, rollitos de primavera... de todo. Nos acomodamos en la cama rodeadas de cajas a medio acabar y procedemos a ver horas y horas de comedias en su portátil. Por un ratito, solo somos un par de mejores amigas riéndonos con películas tontas y chistes malos. Sin sombras del pasado, ni preocupaciones más allá de empacharnos.

Mi amiga mantiene el ambiente distendido, intuye lo mucho que necesito esto. Al final, pone en pausa la quinta —¿o sexta?— película y se gira hacia mí.

—¿Estás preparada para hablar? —me pregunta usando un tono amable, pero cauto.

Asiento.

—Creo que sí.

Me agarra de la mano para hacerme saber sin palabras que puedo contar con ella. Las palabras empiezan a salir lentamente, pero luego se me escapan a borbotones, acompañadas de lágrimas. Muchas lágrimas. Le cuento todo, aunque me asusta ser tan vulnerable con alguien sobre mis secretos y los de Hayden.

Aunque a diferencia de él, sí que puedo confiar en Harper.

Para cuando termino de hablar de su arrepentimiento y sus disculpas, junto con mis dudas y temores, estoy agotada. Me dejo caer sobre el montón de almohadas y cierro los ojos, ahora hinchados.

—Solo necesito tiempo y distancia para procesar todo lo que ha ocurrido —digo—, y no creo que esté dispuesto a dármelo, a pesar de lo que haya dicho.

—Primero que todo: embarazada… Una Calista barista en camino. Eso quiere decir que voy a ser tía, lo cual es la hostia de flipante. Segundo: ¿qué plan tienes? ¿Vas a seguir estudiando? Las clases empiezan pasado mañana.

—Sinceramente, me siento como si estuviera en un programa de protección de testigos. Me he dejado el móvil en el hospital y llevo dinero en efectivo para que no rastreen mis tarjetas. Quiero ir a la universidad, pero me da miedo salir a la calle. —Me doy una palmada en la frente—. ¿Qué demonios puedo hacer?

Harper se tumba a mi lado y me da un golpecito en la nariz.

—Vas a quedarte aquí hasta que lo averigües. Me aseguraré de que puedas usar mi portátil para hacer los cursos online. Así no tendrás que ir a clase ni habrá posibilidad de que te encuentre. —Se detiene y aprieta los labios—. ¿No creerás que puede hacerte daño, verdad?

Sacudo la cabeza enérgicamente.

—No, puede que esté loco, pero esa es una cosa de la que nunca he tenido que preocuparme.

—Mejor, porque tengo las habilidades de ninja oxidadas, tía.

Se me dibuja una sonrisa en el rostro.

—No sé cómo sobreviviría a todo esto sin ti.

—Joder, ni yo. —Me devuelve la sonrisa—. Puedes darme las gracias poniéndole mi nombre a tu bebé.

—Creo que eso puedo hacerlo.

32

HAYDEN

—El estado contra Johnson —anuncia el oficial.

Me siento moviendo la pierna por debajo de la mesa, deseando que se acabe el juicio. La incómoda silla de madera no hace más que aumentar mi nerviosismo. No quería dejar a Calista bajo ningún concepto, pero ir a la cárcel no está en mi lista de tareas. Necesito seguir las normas por una vez.

Especialmente después de torturar y descuartizar a Thomas Russell.

A pesar de mi mal humor, se me dibuja una sonrisa en los labios. Oírle gritar era música para mis oídos, antes de cortarle la lengua. Aun así, es una canción que he repetido en mi cabeza. Sufrió tal como dije que haría. Si Calista no me hubiera estado esperando en el hospital, le habría arrancado *toda* la piel y no solo una parte...

La voz aguda y nasal de la jueza me saca de mis divagaciones. La recorro con la mirada y luego al jurado, y observo sus expresiones aburridas mientras se compadecen en silencio.

Mis pensamientos vuelven a Calista en cuestión de segundos. Repaso nuestra última interacción en el hospital y se me revuelven las tripas. La incertidumbre y el dolor en su mirada mientras me observaba desde la cama aún me matan. Tengo que hacerle entender que se acabó lo de tomarme la justicia por mi mano. Lo decía en serio cuando dije que ella era mi razón de vivir.

La venganza y la justicia no tienen comparación con el amor y la devoción.

Cuando atravieso las puertas del hospital varias horas después, estoy dispuesto a arrodillarme ante Calista si me promete que no saldrá corriendo. Vi el recelo en sus ojos y no he podido olvidarlo. Instintivamente, sé que esa es la razón por la que he estado nervioso todo el día y por la que, en lugar de caminar, echo a correr por el pasillo hacia su habitación.

Giro el pomo con la mano sudorosa y abro la puerta de un empujón. Mi mirada se detiene de inmediato en la cama vacía, cuidadosamente hecha como si hubiera estado desocupada durante mucho tiempo. Se me contrae el pecho cuando veo un móvil colocado encima de un sobre blanco.

Con manos temblorosas, me meto en el bolsillo el teléfono que ha dejado Calista y cojo el sobre con mi nombre escrito. Lo abro deprisa, aunque la angustia me corroe por dentro. La sensación empeora al ver el collar de perlas que hay dentro. Va acompañado de una nota escrita a mano.

Hayden:

Necesito tiempo para procesarlo todo. Mi pasado. Tú. Todo. Cuando esté lista para hablar, contactaré contigo.

~ Calista.

Me hundo en la cama con un nudo en el estómago, mientras agarro el trozo de papel... lo único que me queda de Calista.

Por ahora.

«Siempre te perseguiré —digo a la habitación vacía—. Puedes tenerlo claro».

Si antes creía que la acosaba, no tiene ni idea de lo que le espera.

33

CALISTA

—Tía, se nota que estás pensando en él otra vez —me dice Harper mientras me apunta con una piruleta—. Supongo que es normal teniendo en cuenta que vas a tener un hijo suyo.

Lanzo un gemido y pienso en mi tatuaje.

—Ni me lo recuerdes.

— No podrías encontrar a alguien mejor que él. Es Hayden Bennett de la Casa de la Justicia, el Primero de su nombre, Rey de leyes, Destrozador de coños, Padre de Calistas baristas, el Aboga-do del Gran Tribunal y Rompedor de corazones.

—¡No me lo puedo creer! —Agarro una almohada y se la lan-zo. Ella la capta al vuelo mientras se ríe—. ¿Cuánto tiempo has tardado en inventarte eso? —pregunto.

—Lo que dura una clase de marketing. Solo intentaba vendér-telo, ¿vale?

—Eres tontísima. —Me siento a su lado en la cama y suspi-ro—. Estoy nerviosa.

—Normal, yo también lo estaría. El señor Bennett está como una chota.

Sacudo la cabeza.

—Por eso no. Por los exámenes trimestrales.

—Ah, sí. —Me da unas palmaditas en la mano—. Se me ha olvidado por completo que eran esta mañana. Me duele la cabeza de estudiar. ¿O es de la resaca? Sea como sea, va a ser un día duro.

—Entiendo que la universidad quiere que los hagamos de forma presencial para que no nos copiemos, pero ojalá eso no se me aplicara a mí.

Ella me lanza una mirada.

—Escucha, entra ahí con una sudadera con capucha y gafas de sol como cualquier otro estudiante que se cree un malote y pasarás desapercibida. Haz el examen y se acabó hasta los exámenes finales del semestre. Pan comido.

—Más bien pan estresado y depresivo.

Ella se ríe y me da un golpecito con el hombro.

—No conocía esa versión. En serio, todo va a ir bien.

Me encojo de hombros.

—Eso espero.

Han pasado dos meses desde que hui de Hayden, sin dejar nada excepto una nota y mi collar. Dos meses de esconderme e intentar, sin éxito, ordenar la maraña de mis emociones. Dos meses asimilando la vida que está creciendo en mi interior.

Tenía la esperanza de que Hayden dejaría de buscarme, al menos el tiempo suficiente para aclarar mis ideas, pero en el fondo sé que no es así. Me prometió que siempre me perseguiría, así que acabará encontrándome.

Y se enterará de lo del bebé.

—Vamos —dice Harper mientras se pone de pie. Tira de mí hasta levantarme y abre los cajones de su armario—. Pruébate esta. No, esta.

Agarro la sudadera de la Universidad de Columbia y sonrío al ver lo que lleva escrito en las mangas:

—«No soy perezosa, simplemente tengo problemas de motivación» —leo en alto—. Me gusta esta.

Ella me sonríe.

—Soy la mejor. ¿Qué le vamos a hacer?

Unos minutos después, ambas estamos vestidas y listas para ir a clase. Respiro hondo y sigo a Harper desde la habitación, me mantengo inexpresiva a pesar del nerviosismo que llevo por dentro. Enlaza su brazo con el mío mientras caminamos por el patio hacia mi primera clase.

—Tú puedes.

—Hay muchísima gente.

Ella arruga la nariz.

—Lo sé, ¿verdad? Gente. Puaj.

—No me refería a eso.

—Bueno, pero *yo* sí.

No puedo evitar sonreír al oír su voz de asco. La diversión desaparece enseguida y disminuyo la velocidad de mis pasos a medida que nos acercamos a las puertas del aula. Harper se detiene y se vuelve hacia mí.

—Oye, mírame —me dice con suavidad. Cuando la miro a los ojos, me dedica una sonrisa alentadora—. Te voy a acompañar a todas las clases, y tenemos la última juntas, así que no estarás sola todo el día.

Tomo aire, temblorosa.

—Estoy siendo una estúpida. Ni que lo hubiera visto ni nada.

—Eso es. Tú puedes. Ahora ve y cómete el mundo. Te veo luego.

Se despide con la mano y se aleja por el pasillo. Me giro hacia la puerta, me agarro del asa de la mochila y empujo para abrirla. Paso por el umbral, mirando cada pasillo y cada esquina. Cuando no veo a Hayden por ninguna parte, siento un gran alivio.

Me dirijo al fondo de la sala y me siento, coloco los bolígrafos y los lápices sobre el pequeño escritorio. El profesor entra unos segundos después. Los alumnos guardan silencio mientras él se cruza de brazos.

—Acabemos con esto de una vez —murmura el chico que está a mi lado.

Sonrío para mí misma.

No podría estar más de acuerdo.

Harper me mira como si estuviera a punto de vomitar.

—Este es el último examen del día. ¿Estás preparada? —le pregunto.

Ella se encoge de hombros.

—Todo lo preparada que puedo estar. ¿Y tú?

—Sinceramente, estoy bastante satisfecha con todos los exámenes hasta el momento.

—Bien, entonces me copio de ti.

Pongo los ojos en blanco con una sonrisa.

—Como quieras.

El profesor entra y abre su portátil, que está conectado al proyector, y en la pizarra aparece un temporizador.

—Tenéis sesenta minutos para completar el examen —nos explica—. Pondré en marcha el temporizador cuando todos los exámenes estén repartidos.

El asistente me coloca uno delante y cojo el lápiz con dedos temblorosos. Pero esta vez estoy menos nerviosa y más emocionada. Es un paso más para tomar las riendas de mi futuro.

—Muy bien, estudiantes, ya podéis empezar —dice, y pulsa un botón en el portátil. El temporizador empieza la cuenta atrás desde 60:00.

Cuando quedan treinta minutos, paro para estirar los brazos y destensar el cuello. Vuelvo a concentrarme y alejo los pensamientos sobre Hayden cada vez que intentan colarse en mi mente.

Cuando quedan cinco minutos, estoy a punto de terminar. Tras rellenar la última pregunta, me relajo y me recuesto en la silla. Los números del proyector siguen bajando hasta desaparecer. Antes de que acabe el tiempo, lo sustituye un mensaje: «Siempre te perseguiré, señora Bennett».

Juraría que se me para el corazón. Las letras parecen latir y crecer, llenando mi visión por completo. Hay una serie de jadeos y susurros cuando los estudiantes empiezan a notar el cambio. Oigo vagamente al profesor decir que el temporizador debe de haberse estropeado, pero lo ahoga el rugido de la sangre en mis oídos.

Hayden me ha encontrado.

Me levanto aturdida cuando el profesor da la hora. Me aprieto el examen contra el pecho y me apresuro a entregarlo en su mesa antes de salir corriendo del aula. Harper me alcanza en la habitación.

—¿Qué coño ha sido eso? —me pregunta con los ojos muy abiertos—. Da igual. Tenemos que sacarte de aquí.

Cuando sacudo la cabeza, ella me frunce el ceño.

—Al principio, quería salir corriendo, pero para qué. No tengo a dónde ir y estoy harta de esconderme. Han pasado dos meses y esta es la primera vez que ha contactado conmigo. Creo que estoy preparada para hablar con él.

Harper abre la boca para replicar, pero levanto una mano.

—Por favor. No te estoy pidiendo que estés de acuerdo, solo que me apoyes. Necesito hacerlo. Tiene derecho a saber sobre el bebé.

Ella se cruza de brazos y me clava la mirada.

—Todavía lo quieres.

Suelto una risa hueca.

—Síp.

—Vale, pero llámame luego. Así sabré que estás bien. Si no sé de ti, voy a llamar a un sicario. Si es que no me encargo yo misma. Sé que dijiste que no te haría daño, pero no tiene reparos en secuestrarte.

No se equivoca.

—De acuerdo —contesto—. ¿Puedes prestarme el móvil?

Harper resopla y se le mueven los mechones de la frente.

—Claro. No te voy a mentir, me da pena que se acaben nuestros ratos de chicas.

Cuando me pasa su teléfono, lo cojo con una mueca.

—Actúas como si no fuese a volver.

—Sé que no lo harás, chica. Con solo un vistazo a esos ojos celestes, o a su rabo, te vas a derretir en el suelo. —Levanta una mano—. No te culpo. Pero asegúrate que sea lo que *tú* quieres.

—Vale —susurro—. Te lo prometo.

34

HAYDEN

Recibo un mensaje de un número desconocido. Estoy a punto de borrarlo cuando veo el nombre de Calista en él.

Por fin, después de dos putos meses, está lista para hablar.

No sin un empujoncito de mi parte. No es casualidad que se ponga en contacto conmigo justo después de que mandara a Zack a piratear el portátil de su profesor. Pero cuando se trata de ella, voy a ganar cueste lo que cueste.

Después de contestarle y acordar que nos veríamos en mi ático, dejo el teléfono y pongo el coche en marcha. Todo el trayecto transcurre pensando en Calista. Como cada día desde que se fue.

El peor momento de mi vida.

Vacilaba entre el miedo extremo que sentía por ella y la rabia que me consumía por haberme traicionado después de prometerme que no huiría. Para ser justos, me dio su palabra *antes* de enterarse del papel que desempeñé en el asesinato de su padre, pero aun así.

Si entiende que lo hice para proteger a otros, quizá me perdone. Si no, no sé cómo voy a asimilarlo. Probablemente vuelva a secuestrarla y la encierre bajo llave hasta que cambie de opinión...

Después de aparcar el coche, me dirijo a los ascensores del vestíbulo. En cuanto se cierran las puertas metálicas, me vienen a la mente imágenes de cuando saboreé el coño de Calista. Y gruño.

Solo su recuerdo es suficiente para destrozarme.

Pulso el botón de la planta baja varias veces, las yemas de mis dedos vibran de energía. Me muero de ganas de volver a verla. El dolor de la espera es tan fuerte que ni siquiera puedo armarme de paciencia para esperarla en el ático.

Cada noche, desde que descubrí dónde estaba, intento imaginarme cómo se producirá el reencuentro, pero con poco éxito. ¿Llorará y se disculpará por haberse ido? ¿Me suplicará?

Sacudo la cabeza ante mis estúpidos pensamientos. Si alguien va a suplicar, seré yo. Ya lo he asumido. Cuando dije que estaba dispuesto a cualquier cosa por tenerla, eso incluía tragarme mi orgullo.

El tiempo pasa lento hasta que aparece Calista. En cuanto la veo, es como si me robara todo el aire de los pulmones y me costase respirar. No puedo apartar los ojos de ella. No solo porque es preciosa, sino porque me asusta que vuelva a desaparecer.

Sigo cada uno de sus movimientos desde mi posición al lado de los ascensores. Aunque mi expresión es calmada, el corazón me late desbocado en el pecho como si quisiera colocarse él solo en la palma de mi mano. ¿Lo aceptaría?

¿O lo aplastaría?

Cuando posa su mirada en mí, camino hacia ella sin dejar de mirarla. Cuando nuestros ojos se encuentran, percibo las emociones que se agolpan en los suyos. Junto con la tristeza y el arrepentimiento, se encuentra una determinación sólida. Se ha preparado para este encuentro.

Mientras yo me muero por tocarla.

Por besarla.

Necesito toda mi fuerza de voluntad para no estrechar a Calista entre mis brazos cuando me detengo frente a ella. Eso no quita que respire hondo para llevarme su aroma a los pulmones.

—Calista —la saludo.

Ella asiente levemente.

—Hayden.

Examino su rostro, desesperado por encontrar un atisbo de la calidez que solía desprenderse cuando me miraba. Alguna tenue llama en sus ojos castaños que me diga que no me odia del todo.

—¿Por qué te fuiste? —pregunto.

Esa es la pregunta que ha inundado mi mente cada día sin falta. Ahora que estoy a punto de recibir una respuesta, no estoy seguro de estar preparado para la escuchar la verdad. ¿Qué voy a hacer si ya no le importo a Calista?

«Perdería la puta cabeza».

—No quiero hacer esto en público —dice en voz baja.

Señalo en dirección de los ascensores con la barbilla y Calista empieza a andar. Giro sobre mis talones para seguirla. Si esto no es indicativo de nuestra dinámica de poder, no sé lo que es.

Seguiré a esta mujer a lo más profundo del infierno o a lo más alto del cielo. Allá donde vaya ella, iré yo. Calista puede huir, pero yo siempre la perseguiré.

Entramos en el ascensor y aprieto la mano en un puño para no agarrarla. El impulso es tan fuerte que recorre cada tendón, cada músculo, hasta hacerme temblar.

Junta las manos, con expresión cautelosa.

—Me fui por todo lo que había pasado. Tenía que escapar para pensar, y sabía que tú no me dejarías hacerlo en paz.

—¿Así que preferiste huir y dejarme aterrado? —Entrecierro los ojos, y la acuso en silencio por haberme torturado estos último mo meses—. ¿Sabes lo preocupado he estado? ¿Las noches sin dormir que he pasado? No podía descansar sin saber si seguías viva o no.

—Con todo lo que ocurrió, tienes que entender que me estaba desmoronando —dice. Se cruza de brazos y me fulmina con la mirada—. Nunca perdonaré lo que le hiciste a mi padre, pero la verdad es que él también mató a gente. Quizá no directamente, pero sus acciones provocaron varias muertes. Me ha llevado meses hacerme a la idea.

—Nunca le habría quitado la vida si hubiera sabido la verdad.

Ella asiente lentamente.

—Ahora lo sé, pero solo porque he tenido tiempo para pensarlo.

—¿Y ahora qué? ¿Dónde nos deja eso? —Oigo la desesperación en mi voz en el momento en el que las palabras salen de mi boca.

Ella desvía la mirada.

—¿Cómo me has encontrado?

Aprieto los labios ante su intento por cambiar de tema.

—Al principio, no pude. Las peores putas semanas de mi vida. Al final, Zack se dio cuenta de que todos tus profesores registraban tus notas después del primer parcial. Entonces no fue difícil averiguar dónde estabas y qué hacías.

—Uh. —Hace una mueca—. Me sorprende que no me hayas contactado antes.

—Me dijiste que querías tiempo, y te lo di. Pero me cansé de esperar. Te echo de menos, Calista. Muchísimo, joder.

—Uh —repite la palabra, pero esta vez es un susurro. Se le suaviza la mirada, el frío distanciamiento se descongela. Su reacción me da un hilo de esperanza.

—Siento todo lo que pasó —digo—. No sé qué más quieres que diga. Lo único que puedo hacer es demostrártelo.

Me recorre el rostro con la mirada, como si midiera la sinceridad de mis palabras. La observo sin inmutarme. Todo lo que he dicho es en serio.

Al cabo de un momento, agacha la cabeza y rompe el contacto visual conmigo.

—Estoy embarazada.

El pequeño susurro me golpea con la fuerza de un huracán. Me quedo mirándola, con la mente desbordada mientras intento procesar la noticia en silencio.

Si eso es cierto… Podría morirme de felicidad.

—Di algo, Hayden —insiste—. Me va a dar algo.

—Vámonos.

35

CALISTA

—¿Que nos vamos? —repito—. ¿A dónde?

Hayden no me responde. Se limita a agarrarme fuerte la mano y machacar el botón del ascensor que nos lleva a la planta baja. Doy un tirón donde se unen nuestras manos para llamar su atención.

—¿Qué estás haciendo?

Desvía la mirada hacia mí, el azul de sus ojos brilla por la prisa.

—Te llevo a la ginecóloga.

—¿Por qué?

—Tengo que asegurarme de que esto sea real.

Le hago una mueca.

—¿Y si lo es?

Se detiene, casi como si temiera hablar.

—Si está pasando de verdad, es el mejor día de mi vida.

Me escuecen los ojos por las lágrimas.

—¿De verdad? Sé que esto lo complica todo.

—Por eso huiste. —Cuando asiento lentamente, tira de mí para envolverme en un abrazo protector. Suelta un fuerte suspiro que me acaricia la sien—. Dios, Callie, si no estuvieras embarazada te secuestraría y no te dejaría ir nunca.

—Si no estuviera embarazada, no estaríamos teniendo esta conversación ahora mismo —digo, con las palabras amortiguadas contra su abrigo.

Me da un beso en el pelo.

—Lo siento, cariño. Has debido de pasar mucho miedo, pero ya no tienes que preocuparte. Estoy aquí y no me voy a ir a ningún lado.

Me echo hacia atrás y le dedico una sonrisa irónica.

—Eso es lo que me da miedo.

Hayden no vuelve a hablarme. Pero se comunica con todo el mundo: le dice al chófer dónde ir, le ordena a la recepcionista que nos haga un hueco para una cita de emergencia, e incluso le exige a la doctora que me haga una ecografía cuando entramos en la consulta.

Miro a la doctora Sheridan encogiéndome de hombros. Cuanto antes obedezca, mejor para todos.

—Un placer volver a verla —me dice—. ¿Por qué no se tumba, señorita Gr...?

—*Señora Bennett* —contesta Hayden.

—Mis disculpas. —Me mira con una expresión de calma que ya la quisiera yo—. Señora Bennett, por favor, túmbese y levántese la camisa para dejar su vientre al descubierto.

Hago lo que me dice, llena de nervios. Hayden está a mi lado como un centinela y con la mandíbula tensa.

La doctora aplica un gel frío sobre mi barriga y desliza la sonda por mi piel. La sala está en silencio, excepto por el zumbido del corazón del bebé. Las lágrimas que amenazaban con caer desde que he vuelto a ver a Hayden ahora ruedan por mis mejillas.

No tengo agallas para confesarle que esta es la primera vez que voy a ver al bebé por estar escondiéndome. Aunque he hecho de todo para protegerlo a él o a ella. También ayudó que Harper prácticamente me hiciera tragar las vitaminas prenatales.

—Allá vamos —dice la doctora Sheridan con suavidad.

Aparece una imagen en pantalla que cambia mi vida por completo. Nuestro bebé, acurrucado, a salvo dentro de mí. Con unos bracitos que algún día nos abrazarán. Y piernecitas que algún día correrán a nuestro encuentro.

Hayden me toma la mano temblando. Se gira hacia mí, y por fin su dura fachada comienza a ceder.

—Es nuestro bebé —susurra con la voz rota.

Se me encoge el corazón. En este momento, la oscuridad de nuestro pasado no importa. Lo único que veo es la familia en la que nos estamos convirtiendo. He estado mucho tiempo sola, pero ya no.

Nunca más.

—Sí —susurro—. Es nuestro bebé.

La doctora se aclara la garganta.

—Os voy a dar un poco de intimidad.

Sale de la habitación, pero ninguno de los dos se da cuenta, demasiado absortos el uno en el otro y en la vida que hemos creado.

—Está pasando de verdad —dice Hayden, con la voz llena de asombro.

—Siento habértelo ocultado.

Él asiente lentamente y me levanta la mano para besarme los nudillos.

—Te he perdonado en el momento en el que me lo has dicho.

Su aceptación me coge por sorpresa. Me seco las mejillas húmedas e intento sonreírle, pero hago una mueca.

—Estaba aterrada —digo suavemente—. Aterrada de cómo ibas a reaccionar. O lo que podrías hacer…

—Hiciste bien en preocuparte.

Abro mucho los ojos.

—¿A qué te refieres?

—No quiero hacer esto en público.

Lucho contra las náuseas todo el camino de vuelta al ático de Hayden. Y no es por el embarazo. Los nervios me recorren los brazos y las piernas hasta que siento como si hubiera metido un tenedor en un enchufe.

En el momento en el que entramos en el salón, me giro para mirarle, incapaz de aguantar el pesado silencio que hay entre los dos.

—¿Por qué me has dicho que debería preocuparme?

Me atraviesa con la mirada, inquebrantable y sin remordimientos.

—Porque ya sabes cómo soy y de lo que soy capaz.

Me trago el nudo que tengo en la garganta.

—¿Qué significa eso exactamente?

—Tú y este bebé sois todo lo que siempre he querido, todo lo que siempre he soñado tener. Para que me quites eso…. —Sacude la cabeza y cierra los ojos un momento—. Debes odiarme para hacerme tanto daño.

—Nunca fue mi intención. Lo hice sin querer, no era lo que pretendía —alargo la mano para agarrar la suya—. Por favor, créeme.

Hayden tira de mí hacia él y yo voy de buena gana, incapaz de resistirme a la atracción que ejerce sobre mí. Me acaricia la mejilla y me sujeta la mandíbula con el pulgar.

—Te creo.

Hago una mueca, confundida.

—Entonces, ¿por qué has dicho que no querías hacer eso en público? ¿Qué es «eso»?

—Follarte.

Abro lo labios en un grito ahogado. Hayden se apresura a aprovecharse de mi asombro y choca su boca contra la mía, su lengua se cuela entre mis labios. Mi pulso se acelera aún más cuando me rodea la espalda con el brazo y junta nuestros cuerpos. Me clava su erección en el vientre y el coño se me estremece.

Me echo hacia atrás para meter aire en mi pulmones. Sus ojos arden de hambre y de pasión, unas llama azules que me roban el aliento. Cuando intento hablar, me clava los dedos en la cadera para frenarme.

Hayden me aprisiona en el pasillo y me golpea la espalda contra la pared.

Su cuerpo me cubre por completo, presionándome, y el calor de su piel me quema. La frente se me llena de sudor y se me encienden las mejillas, aunque eso no es nada en comparación con la excitación que desprenden sus ojos. Puedo sentir el fuego que desprende su beso, lo siento en su agarre imperioso. La cabeza me da vueltas cuando por fin echa la suya hacia atrás. Se aprieta contra mí y yo gimo suavemente. Abre las fosas nasales, me devora con la mirada y me recorre el cuerpo con las manos. Me muero por sus caricias.

Por él.

Me desliza una mano por el pelo y lo agarra en un puño. Su contacto me provoca un escalofrío y giro la cabeza para darle mejor acceso.

—Voy a follarte tan duro que no vas a poder andar, y mucho menos correr de mí —murmura, y el sonido me retumba en el pecho—. Primero voy a hacer mío este coño. Y después, te haré mía a ti.

Levanta la mirada hacia la mía, sus ojos oscuros y amenazadores brillan al borde de la locura. Me agarra de la mandíbula y me obliga a mirarle a los ojos.

—¿Me has oído, señora Bennett?

—Sí, señor Bennett.

Su agarre se vuelve lo bastante fuerte como para dejarme marcas. No me da tiempo a reaccionar y vuelve a devorarme la boca. Le correspondo, rodeándole el cuello con los brazos, arqueándome contra él y rozando mis pechos contra su duro torso.

Hayden se aparta con un siseo. Me sube a sus brazos y se encamina hacia el baño. Su fuerza y determinación me hacen sentir débil. Me dejo caer indefensa pero ansiosa en sus brazos hasta que me pone los pies en el suelo.

Luego me arranca la ropa del cuerpo. Al principio me estremezco, pero pronto cada sonido de tela rasgándose me llena de anticipación. Para cuando estoy desnuda, la brutalidad de Hayden me tiene temblando.

Se queda quieto. Me mira fijamente. Y entonces se pone de rodillas ante mí.

—Hayden, ¿qué…?

Me agarra de por detrás de los muslos, me clava los dedos en la piel y se inclina para darme un beso en el tatuaje. Luego, en mi vientre ligeramente redondeado.

—Si me pidieras que me arrastrara, lo haría. Si me pidieras que muriera por ti, también. Y si me pides que viva por ti, eso haré. —Presiona la mejilla contra mi muslo con una exhalación—. Haré cualquier cosa por ti y por este bebé, Callie.

Enredo los dedos en su pelo mientras las emociones amenazan con ahogarme.

—No quiero ser responsable de ese tipo de poder sobre ti.

—Ya lo eres.

—Lo siento —susurro.

Hayden se levanta, mientras los músculos de sus brazos y hombros estiran el material de su camisa.

—Yo no. Porque eres mía. Siempre vas a ser mía. Siempre te perseguiré y te traeré de vuelta a mí.

Me duele la garganta y las lágrimas me nublan la vista.

—¿Estás dispuesto a perseguirme por siempre?

—Sí. Estoy dispuesto a luchar por ti. Porque mereces la pena.

—Te quiero. —Es todo lo que puedo decir, pero es todo lo que tengo.

Emite un sonido de dolor cuando sus manos se deslizan por mis costillas. Me toca los pechos y mis pezones se endurecen contra sus palmas. Inclino la cabeza hacia atrás para recibir el beso profundo y brutal que me da. Es violento. Es desesperado.

Es hermoso.

Hayden me lleva a la cama y yo lo miro fijamente, incapaz de apartar la vista. Me roza el tatuaje con el pulgar. Su marca.

—¿Sabes por qué hice esto? —Cuando no respondo, él continúa—: Porque me encantaba la ida de que llevaras mi apellido en la piel. Porque quería verlo cada vez que te follara.

Sonrío ante su arrogancia y acerco los brazos a él. Se desabrocha la camisa con la eficacia habitual y luego los pantalones. Cuando está encima de mí, utiliza un brazo para aprisionarme y el otro para acariciarme la parte interna del muslo. Sus caricias dejan un rastro de fuego a su paso.

Hayden me devora la boca con rabia. Me besa como si estuviera castigándome y yo le devuelvo el beso porque me gusta la forma en la que me domina.

—Eres perfecta, joder —me dice contra los labios.

Y luego desliza los dedos por mi centro hasta que gimo en su boca. Atrapo su labio inferior entre mis dientes y le muerdo. Fuerte.

Hayden se aparta con una sonrisa, con los ojos oscuros y brillantes.

—Así que quieres jugar sucio, ¿eh?

Desliza la mano por detrás de mi rodilla y me levanta la pierna.

—¿Qué estás…?

Me roza le clítoris con su miembro.

—Me encanta cómo tu cuerpo cobra vida para mí, cariño.

Mi cuerpo vibra. Mi corazón late sin control. Quiero gritar y suplicar más.

Hayden me besa en la mandíbula antes de recorrer mi cuello con los labios, dándome algún mordisquito a su paso.

—Me encanta lo bien que respondes. —Desliza la mano por mi muslo y aprieta fuerte—. Me encanta lo rápido que puedo hacer que te corras.

Me embiste, tan fuerte que duele. Gimo en su abrazo. Hayden gruñe contra mi oído.

—Estar dentro de ti es una puta maravilla.

Jadeo cuando se aparta y vuelve a penetrarme. Empieza a moverse más rápido y con más fuerza, sus dedos se clavan en mi piel para mantenerme inmóvil. Pero no es suficiente. Necesito más. Necesito todo lo que puede darme.

—Por favor —susurro.

Él no dice nada, su lengua explora mi boca mientras me folla. Aumenta el ritmo y la profundidad con cada embestida. Siento el hormigueo en la piel, un cálido deseo en lo más profundo de mi vientre. La presión en mi interior crece hasta que apenas puedo respirar.

Me agarro a él, y le clavo las uñas en la piel mientras busco mi liberación. El placer es intenso y abrumador, y quiero gritar de puro éxtasis.

Hayden se separa de mi boca.

—Mírame.

Abro los ojos para buscar los suyos. Están entrecerrados, oscuros de deseo, pero siguen centrados en los míos.

—Córrete para mí, señora Bennett —me ordena.

No puedo negarme. Su mirada me mantiene cautiva hasta que estoy al borde. Gimo y me arqueo contra él, mi cuerpo se retuerce contra el suyo mientras me arrastra un torrente de euforia. El orgasmo me sacude en oleadas que me dejan sin aliento.

Hayden sigue penetrándome hasta que me agarra con fuerza y su polla se sacude dentro de mí. Entonces se corre, su boca devora la mía mientras se estremece de placer.

Tarda unos instantes en calmarse, y cuando lo hace, me mira fijamente, y sus ojos buscan los míos. Se tumba boca arriba y me arrastra con él. Me acurruco en su pecho, sintiendo su corazón latir bajo mi mejilla.

—He echado de menos todo de ti —me dice bajito mientras enreda los dedos en mi pelo—. Tu sabor, los sonidos que haces cuando estoy dentro de ti. La forma en la que te muerdes el labio y gimes mi nombre. Cada puta cosa.

Me retira un mechón de la cara con una expresión indescifrable.

Frunzo el ceño.

—¿Qué pasa?

—No quería tener esto contigo, ¿sabes? —dice—. El poder que has tenido sobre mí desde el principio... —Suelta una risita—. Ahora es peor con el bebé, pero nunca he sido tan feliz.

Hace una pausa y eleva las cejas.

—En realidad, creo que nunca he sido feliz de verdad. Hasta que llegaste tú. —Me acerca a él y me da un beso suave y dulce—. Gracias por hacerlo posible.

Cierro los ojos y presiono la mejilla contra su pecho. Sus palabras me llenan tanto el corazón que duele, pero no lo cambiaría por nada.

—¿Sabes qué otra cosa podrías hacer para hacerme feliz? —pregunta.

Levanto la cabeza y le miro con una sonrisa juguetona.

—¿Es que no he hecho ya suficiente? Joder, si voy a darte un hijo.

—Cuida ese lenguaje, señora Bennett.

Le pellizco el pecho y él se ríe.

—Está bien —digo resoplando—. ¿Qué quieres?

—Cásate conmigo.

Me quedo boquiabierta.

—¿Qué?

—Cásate conmigo —repite con más firmeza.

—¿Es por el bebé?

Me lanza una mirada exasperada.

—No, es porque te quiero. Porque eres mía. —Me recorre con una caricia el tatuaje—. Porque quiero tenerte de todas las formas posibles.

Me muerdo el labio, con los nervios disparándose en mi interior. Levanta la cabeza para mordisquearme los labios hasta que gimo.

—Dime que sí, Callie. O voy a follarte hasta que lo hagas.

Lanzo un fuerte suspiro, pero los latidos de mi corazón suenan más fuertes.

—Sí.

Su boca captura la mía. Me besa como si fuera suya. Y lo soy. Me rodea la nuca con los dedos y me mira fijamente a los ojos.

—Vamos.

—Espera, ¿qué?

Me besa de nuevo antes de apartarse con una sonrisa, una tan brillante y hermosa que se me derrite el corazón.

—Cuando la mujer de tus sueños dice que quiere casarse contigo, no le das oportunidad de arrepentirse.

EL FINAL FELIZ DE
HAYDEN & CALISTA

I

CALISTA

Calista: Amiga...

Harper: ¿Qué coño te ha hecho? Ahora sí que lo mato.

Calista: Nada malo. Quiere que nos casemos.

Harper: Era obvio. Ese tío te ha tatuado su apellido en el cuerpo. Sé que estás cegada por el amor y toda esa mierda, pero venga ya...

Calista: Tienes razón. ¿Quieres ser mi dama de honor?

Harper: JODER, CLARO. ¿En serio me lo preguntas?

Calista: <3 ¿Puedes venir al juzgado de la Avenida Smith en dos horas?

Harper: ¿Con qué ha sido al final?

Calista: ¿Con qué ha sido qué?

Harper: ¿Con qué te ha convencido para decir que sí? ¿Con los ojos celestes o el rabo?

Calista: Con las dos cosas.

Harper: LOL. Por fin ha vuelto la Calista más *hot*. Allí estaré. ¿Tengo que comprarme un vestido?

Calista: No, yo voy a llevar tu sudadera.

Harper: Jaja, me encanta. Por favor, dime que vas a hacer una boda en condiciones en algún momento. Te lo mereces.

Calista: La haremos.

Harper: Vale, entonces tienes mi bendición. Nos vemos en un ratito. Si no quieres hacerlo, hazme una peineta. Esa puede ser nuestra señal de socorro.

Calista: Hay veces en las que pienso que no te merezco.

Harper: Te mereces eso. Y más.

2

CALISTA

Una hora después...

> **Calista:** *envía una foto*

Harper: Me cago en la leche. ¿Eso es un diamante?

> **Calista:** XD. Sí. Hayden quería que tuviera un anillo de
> boda.

Harper: Como debe ser. Pero eso no es un anillo, es un
puto satélite. Tía, en cuanto capte la luz del sol y la
refleje en el espacio van a venir los extraterrestres a
abducirte.

> **Calista:** Ni tú ni Hayden dejaréis que eso ocurra.

Harper: Cierto.

> **Calista:** ¡Nos vemos ahora!

Hayden se me queda mirando como si estuviera desnuda. Me revuelvo bajo su mirada con una tímida sonrisa dibujándose en mis labios.

—¿Estás nerviosa? —pregunta.

Sacudo la cabeza.

—¿Debería estarlo?

—No. —Me agarra la mano izquierda y se la acerca a la cara—. Está pasando de verdad.

El susurro roza la piel y me provoca un cosquilleo.

—A veces no puedo creer que seas mía.

—Casi.

Enarca una ceja.

—¿Qué te he dicho sobre la palabra «casi»? —Cuando me encojo de hombros, dice—: Parece que alguien quiere *casi* correrse esta noche.

Parpadeo, con los labios entreabiertos.

—Por favor, no.

—Entonces dime que eres mía.

Me pongo de puntilla y le rozo los labios con los míos.

—Soy tuya.

—Por Dios, ¿no podéis dejar las manos quietas durante más de cinco minutos?

Hayden y yo desviamos la mirada hacia Harper cuando se acerca adonde estamos.

—Venga. Vamos al lío —dice.

Hayden intercambia una mirada con la jueza, que se aclara la garganta y da comienzo a la ceremonia. Sus palabras fluyen como una brisa y apenas penetran en mi cabeza. ¿Cómo podrían hacerlo si Hayden me mira con los ojos cargados de promesas?

Algunas llenas de amor.

Otras sensuales.

Pero todas ellas son sinceras.

—¿Hay alguna razón por la que estas dos personas no deban unirse en matrimonio? —pregunta la jueza.

Harper abre la boca y Hayden entrecierra los ojos hasta que no son más que rendijas. Lanzo a mi mejor amiga una mirada de súplica porque no quiero que Hayden pierda los papeles. Ella me sonríe.

—Proceda —responde Hayden, cortante.

—Por el poder que me ha sido otorgado —dice la jueza con voz temblorosa—, los declaro marido y mujer, señor y señora Bennett.

Ni siquiera estoy segura de si llega a darle permiso a Hayden para «besar a la novia» antes de que me arrastre hacia él. Es tan rápido que apenas me da tiempo a respirar. Y entonces le devuelvo el beso, entregándole todo mi amor y devoción.

—Menos mal que ya estás embarazada —murmura Harper—, si no estarías en problemas esta noche.

Hayden se aparta solo lo justo como para susurrar:

—¿Quién dice que vamos a llegar a la noche?

—Oye, señor Bennett —dice Harper—, hay algo que debes saber.

—¿De qué se trata?

Mi amiga me mira.

—Dile lo del nombre del bebé.

—A ver, es que le prometí…

3

CALISTA

Dos años después…

—Harper.

La pelirroja me guiña un ojo.

—¿Me ha llamado, sargento?

Sacudo la cabeza riéndome.

—Tú no. —Desvío la mirada hacia la niña que lleva una corona de flores sobre su pelo negro—. Ven aquí, cariño.

Mi hija se acerca a mí dando saltitos, con los ojos azules brillantes de emoción.

—¿Ya estás lista?

Tomo su mano entre las mías y le aparto un mechón de pelo.

—Sí, ha llegado la hora. Recuerda hacerle caso a la tía Harper, ¿de acuerdo? —Asiente tan enérgicamente que se me encoge el corazón en el pecho—. Esa es mi chica.

—Vamos, Harper Segunda —dice mi amiga, llevándose a mi hija hacia la puerta—. Hay muchas mierd… Emm…. Cosas que hacer.

Le lanzo una mirada de agradecimiento. No estoy preparada para que mi hija de dos años diga palabrotas. Al menos no el día de mi boda.

El cual acaba siendo el mejor día de mi vida. Especialmente cuando Hayden levanta a nuestra Harper en brazos y la sostiene durante toda la ceremonia. Ella se acurruca inmediatamente contra su pecho con un suspiro, igual que hago yo. Eso es lo que hace mi marido: hacerme sentir segura.

Porque sé hasta dónde es capaz de llegar para protegerme a mí.

Y a nuestra hija.

Dios mío, protege a su primer novio…

El pastor me mira con expectación.

—Ha llegado la hora de intercambiar los anillos.

—Yo quiero uno —dice la pequeña Harper.

Después de ponerme el anillo en el dedo, Hayden le besa la frente.

—Yo te compraré uno, cariño. Un anillo de castidad —murmura.

Aprieto los labios para no reírme mientras le pongo el anillo en el dedo. Mi mejor amiga se acerca para coger a mi hija cuando llega el momento de que Hayden me bese. Me acerca a él, pero se detiene justo antes de que sus labios encuentren los míos.

—¿Señora Bennett?

Paso los dedos por las perlas que descansan alrededor de mi cuello.

—¿Sí, señor Bennett?

—Recuerda que siempre te perseguiré.

—Que así sea.